Bis ans Ende der Fährte

Werner J. Egli wurde 1943 in Luzern, Schweiz, geboren und lebt heute als freier Schriftsteller in den USA, in Freudenstadt und in der Schweiz. Seine erfolgreichen und in viele Sprachen übersetzten Jugendbücher wurden unter anderem 1980 mit dem Friedrich-Gerstäcker-Preis und vielen anderen Preisen ausgezeichnet. Im Carlsen Taschenbuch ist von Werner J. Egli außerdem der Titel *Schrei aus der Stille* (CTB 163) lieferbar.

Werner J. Egli

Bis ans Ende der Fährte

CARLSEN

Veröffentlicht im Carlsen Verlag
November 2002
Mit freundlicher Genehmigung des Ueberreuter Verlages

Umschlagbild: Künster/Sülberg
Umschlaggestaltung: Doris K. Künster / Britta Lembke
Corporate Design Taschenbuch: Dörte Dosse
Satz: H & G Herstellung, Hamburg
Druck und Bindung: Elsnerdruck, Berlin
ISBN 3-551-36164-9
Printed in Germany

Der erste Schuss

Luke bewegte sich vorsichtig. Mit einer Hand teilte er die kahlen Äste des Gestrüpps, mit der anderen hielt er sein Gewehr. Der Wind stand günstig. Er wehte Luke ins Gesicht und brannte auf seiner Haut. Es war ein steifer Nordwest, der Schneewolken brachte.

Seit drei Tagen waren Tom Prestridge und sein Sohn Luke unterwegs. Allen Warnungen zum Trotz. Sie hätten viel weiter unten im Tal einen Elch schießen können, aber weiter unten im Tal hatten andere Jäger gejagt. Leute aus Williams Lake und weiter entfernten Ortschaften. Einige waren sogar mit Wasserflugzeugen gelandet und andere fuhren mit ihren Pick-up-Trucks, ihren Kleinlastwagen, einfach ein Stück weit weg von der Straße und schossen auf alles, was sich bewegte. Seit ein paar Tagen herrschte wieder Ruhe. Die Elchsaison war eigentlich vorbei.

Luke erreichte die Kuppe eines Hügels. Er sah die Elchkuh sofort. Sie stand in einem seichten Tümpel, an dessen Rändern dünnes Eis glitzerte.

Luke blickte sich nach seinem Vater um und gab ihm ein Zeichen, leise heranzukommen. Sein Vater verstand sofort. Er war ein erfahrener Jäger. Er glitt so leise durch das kahle Unterholz, dass nicht einmal Luke ein Geräusch hören konnte; einen knackenden Zweig oder das Rascheln von dürrem Laub. Als er bei Luke anlangte, kauerte er nieder.

»Gut gemacht«, sagte Tom Prestridge leise. Luke war stolz. Es war nicht einfach gewesen, die Niederung mit den kleinen Tümpeln zu umgehen, um in den Wind zu gelangen. Die Elchkuh war wachsam. Vielleicht hatte sie schon einmal Erfahrungen mit Jägern gemacht. Lange Zeit hatte sie am Rande des Tümpels gestanden, in den Wind gewittert, bevor sie schließlich in das Wasser hinausgewatet war.
Jetzt fraß sie. Sie holte Grünzeug vom Grund des Tümpels. Manchmal verschwand der ganze Kopf und blieb eine Weile unten. Und wenn er wieder hochkam, triefte Wasser vom Maul und vom Bart.
Luke hatte den ersten Schuss. Nie zuvor hatte ihm Vater den ersten Schuss gelassen. Nicht bei einer Elchkuh und wenn es darum ging, Fleisch für ein ganzes Jahr zu machen. Luke versuchte ruhig zu bleiben. Aber sein Inneres war aufgewühlt. Er spürte, wie seine Hände in den Handschuhen feucht wurden. Solange die Elchkuh im Wasser war, würde er nicht zum Schuss kommen. Das war eine Regel, an die sich jeder anständige Jäger hielt. Niemand schoss einen Elch im Wasser, und zwar nicht nur weil es später umständlich war, das erlegte Tier ans Trockene zu bringen und auszuweiden, sondern weil Elche nicht auf der Hut sein konnten, wenn sie den Kopf im Wasser hatten. Und weil das Blut einen Frischwassertümpel übel verseucht hätte.
Die Elchkuh war groß und stämmig. Mindestens so groß wie ein Pferd. Lukes Vater schätzte ihr Gewicht auf über achthundert Pfund.
»Sie ist gefräßig«, flüsterte Lukes Vater. »Ein gutes Zeichen dafür, dass sie gesund ist.«

»Es kann lange dauern, bis sie satt ist«, erwiderte Luke ungeduldig. Noch war es früh am Tag. Im ersten Morgengrauen hatten sie ihr Lager jenseits der Hügel abgebrochen und hatten ungefähr zwölf Kilometer zu Fuß zurückgelegt. Der alte Ford-Pick-up stand dort, wo die Straße aufhörte, weiter unten im Tal des Taseko Creek. Luke rechnete damit, dass sie den ganzen Tag damit beschäftigt sein würden, den Elch auszuweiden, zu zerlegen und die ersten Stücke zurück zur Straße zu transportieren. Den Rest würden sie den nächsten Tag zu Tale bringen.

Fast drei Stunden lang mussten sie warten, bis die Elchkuh satt war. Eine Weile stand sie noch im seichten Wasser und machte keine Anstalten, ans Ufer zu gehen. Luke hatte die Handschuhe ausgezogen. Er hielt das Jagdgewehr so, dass er es leicht an die Schulter heben, zielen und abdrücken konnte. Es war ein gutes Jagdgewehr, das ihm Vater zum Geburtstag geschenkt hatte.

Lukes Vater war auch bereit. Notfalls würde er der Elchkuh den Fangschuss geben. Nur wenn Luke fehlte oder die Kuh nicht auf der Stelle zusammenbrach. Die Entfernung betrug vielleicht hundertfünfzig Meter. Obwohl der Himmel mit schmutzig grauen Wolken verhangen war und das Dämmerlicht an diesem Tag nicht in die Wälder zurückweichen wollte, herrschten gute Sichtverhältnisse.

»Ich hoffe, sie dreht mir nicht den Hintern zu«, sagte Luke leise, während er die Elchkuh beobachtete. Er hörte selbst, wie seine Stimme zitterte, während sich sein Finger am Abzug krümmte.

Lukes Vater sagte nichts. Ein Lächeln umspielte seine Mundwinkel. Er wusste, wie es in Luke aussah. Luke konnte kaum atmen. Alles in ihm war angespannt. Sein Gaumen war trocken. Er fuhr sich mit der Zunge über die rissigen Lippen. In diesem Moment bewegte sich die Elchkuh. Sie drehte sich und ging auf das Ufer zu, dort, wo die Böschung flach war und die kahlen roten Ruten von Weidenbüschen aus der dünnen Eisdecke ragten.

Sie war noch nicht am Ufer, als sie plötzlich stehen blieb und ihren überlangen Kopf herumschwang. Die großen Ohren bewegten sich in die Richtung, aus der der Wind kam. Luke hörte, wie sein Vater den Atem durch die Nase ausstieß. Irgendetwas stimmte nicht mehr.

»Wir sind nicht allein, Luke«, sagte er leise. »Pass auf, dass du zu Schuss kommst!«

Luke hob das Gewehr an die Schulter. Der Hammer war gespannt. Der Finger lag am Abzug. Luke kriegte das Geäst ins Fadenkreuz des Zielfernrohrs. Dann einen braunen Fleck. Die Seite der Elchkuh. Ein Stück vom Hals. Die Schulter. Plötzlich schrak sie hoch. Mit langen, stelzigen Bewegungen sprang sie aus dem seichten Wasser. Luke folgte ihr mit dem Gewehrlauf und er hatte Druckpunkt, als sie festen Boden unter die Hufe kriegte. Der Schuss löste sich fast von selbst. Noch im Zielfernrohr sah Luke, wie er traf. Als er das Gewehr senkte, brach die Elchkuh am Rande des Tümpels zusammen.

Sie fiel zur Seite. Ihre langen, sehnigen Hinterbeine keilten aus. Die spitzen Hufe rissen die gefrorene Erde auf und dort, wo die Kugel in ihren Körper eingedrungen war, lief ihr Blut ins Fell.

Lukes Vater, der die ganze Zeit sein Gewehr im Anschlag

gehalten hatte, senkte es jetzt. Er legte Luke die Hand auf die Schulter. »Feiner Schuss«, sagte er.

Erst jetzt merkte Luke, dass er die ganze Zeit den Atem angehalten hatte. Er stieß die Luft aus und wollte auf die Beine springen, aber sein Vater hielt ihn zurück und zeigte durch das Geäst auf drei Gestalten, die jenseits des Tümpels aus dem Dickicht auftauchten. Es waren drei Männer und Luke erkannte sie sofort. Dogrib-Joe und seine Söhne, Bill und Jim. Jim nannte man Cut Face, weil er eine Narbe hatte, die von der Nasenwurzel schräg über die Wange führte, fast bis unter das rechte Ohr. Und Bill war ein Tölpel.

Sie standen alle drei an der Böschung und starrten herüber. Luke war nicht sicher, ob sie ihn und seinen Vater sehen konnten. Dogrib-Joe hielt ein Gewehr in den Händen. Es war ein fünfschüssiges Winchestergewehr.

»Die haben uns gerade noch gefehlt«, hörte Luke seinen Vater voll Grimm sagen. Er stand langsam auf und trat aus dem Dickicht.

»Lade dein Gewehr«, sagte sein Vater halblaut.

Luke kauerte nieder und holte eine Patrone aus der Tasche seines Parkas. Seine Finger zitterten etwas, als er den Verschluss öffnete und die Patrone sorgfältig in die Kammer legte. Die geladene Waffe schussbereit, erhob er sich.

Die drei Männer auf der anderen Seite des Tümpels bewegten sich nicht. Der Wind zerrte an ihren zerlumpten Kleidungsstücken. Dogrib-Joe hatte ein paar Wolfsfelle umgehängt. Jim trug eine rote Schildmütze mit Ohrenklappen und Bill hatte sich einen Wollschal um den Hals gehängt, auf dem die olympischen Ringe eingestickt waren. Luke sah alle drei zum ersten Mal aus der Nähe und er spürte, wie ihm flau im Magen wurde, während er sie anstarrte. Und sein Vater zögerte lange, bevor er sich anschickte den Hang hinunterzugehen.

Als sie unten in der Senke ankamen, standen die drei immer noch unbeweglich am gleichen Fleck. Und jetzt konnte Luke deutlich erkennen, dass Dogrib-Joe ein breites Grinsen in seinem dunklen, schartigen Gesicht hatte.

»Behalte sie im Auge«, sagte Lukes Vater, während sie nebeneinander durch die Niederung gingen. Der sumpfige Boden war so hart gefroren, dass sie selbst in der Nähe des Ufers nicht einsanken. Als sie bei der toten Elchkuh ankamen, lehnte Lukes Vater sein Gewehr gegen den Rücken des Tieres. Er zog sein Häutemesser aus der Scheide, kauerte nieder und stieß der Elchkuh die Klinge tief in den Hals, so dass das Blut gerinnen konnte.

Auf der anderen Seite des Tümpels setzten sich die drei Gestalten in Bewegung. Sie kamen am Uferrand entlang durch das Weidengestrüpp. Luke ließ sie nicht aus den Augen.

»Jetzt kommen sie«, sagte er.

»Alle drei?« Sein Vater blickte nicht auf.

»Ja.«

»Gut. Geh ein paar Schritte zurück, Luke!«

Luke gehorchte. Tausend Gedanken wirbelten plötzlich durch seinen Kopf. Geschichten fielen ihm ein, die sich die Leute im Dorf erzählten. Üble Geschichten. Man sagte, dass Dogrib-Joe früher einen Mountie – einen Polizisten der R.C.M.P., der Royal Canadian Mounted Police, der berittenen Polizei Kanadas – umgelegt hatte. Niemand wusste es ganz genau. Irgendwann war er ein paar Jahre spurlos verschwunden. Und als er zurückkam, holten ihn die Mounties und sperrten ihn in Williams Lake einige Monate ein. Aber man konnte ihm nie etwas nachweisen. Einmal hatte Luke seinen Vater gefragt, ob die Geschichten wahr seien. Sein Vater hatte nur den Kopf geschüttelt. Und Luke hatte ihn nie mehr gefragt.

Sie kamen aus dem Gestrüpp. Zuerst der Alte. Dann Jim, und hinter ihm Bill, der nicht ganz dicht war. Man konnte es ihm deutlich ansehen. In seinem Gesicht zuckte es fortwährend und er hatte immer einen dümmlichen Ausdruck in den Augen, so als ob er nie voll da wäre. Einmal hatte man ihn hinter dem Haus von Jennifers Mutter erwischt, wie er Jennifer anstarrte, die allein draußen war. Die Männer im Dorf wollten ihm anschließend einen Denkzettel verpassen und ihn verprügeln, dass ihm Hören und Sehen verging, um ihm ein für alle Mal klar zu machen, dass er hier nichts zu suchen hatte. Aber Reverend Lyman trat im letzten Moment dazwischen. Man jagte Dogrib-Joe und seine Söhne aus dem Dorf und warnte sie, dass man Bill das nächste Mal einfach aufhängen würde, was natürlich weit übertrieben war.

Lukes Vater kniete bei der Elchkuh am Boden und schlitzte ihr den Bauch auf. Warmes, weißes Gedärm quoll heraus. Der Dampf hüllte Luke und seinen Vater ein wie dünner Nebel.

Etwa zwanzig Schritte entfernt, am Ufer des Tümpels, blieben Dogrib-Joe und seine Söhne stehen. Eine Weile schauten sie Lukes Vater bei der Arbeit zu.

»He, Prestridge«, sagte Dogrib-Joe schließlich mit krächzender Stimme, »was denkst du dir dabei, eine Elchkuh im Wasser zu schießen?«

Lukes Vater hob den Kopf. Ohne ein Wort zu sagen begann er seine Jacke aufzuknöpfen. Die Arbeit machte ihn warm.

Dogrib-Joe beobachtete ihn ohne Unterlass. Seine dunklen Augen funkelten. Plötzlich lachte er auf.

»Du willst nicht mit mir reden, was? Du denkst, dass alles vorbei und vergessen ist und dass dein Junge die Wahrheit nie erfahren wird.«

Lukes Vater hatte die Jacke ausgezogen und über einen Weidenast geworfen. Ohne sich um die drei Männer zu kümmern rollte er die Hemdsärmel hoch und schob die Ärmel seines Unterhemdes bis über die Ellbogen zurück. Dann griff er mit beiden Händen tief in den aufgeschlitzten Bauch der Elchkuh und begann die Eingeweide vorsichtig zu lösen, so dass die Gallenblase nicht platzte. Er war ganz vom Dampf eingehüllt.

Die drei Männer schauten ihm zu. Einige Minuten vergingen. Niemand redete. Bill starrte Luke mit seinen dümmlichen Augen die ganze Zeit an. Er hatte ein fleischiges Breigesicht, das etwas heller war als das seines Bruders.

Lukes Vater zog die Eingeweide heraus und schleifte sie ein Stück weit weg, bevor er sie am Boden liegen ließ. Die Kojoten würden kommen und hier aufräumen, sobald sie weg waren.

»Ich meine, dass du uns etwas von diesem guten Fleisch abgeben solltest, Prestridge«, sagte der Alte. »Wir sind zwei Tage unterwegs ohne zu essen. Bill hat eine Maus gefangen, mit bloßen Händen. Die haben wir gegessen. Sonst nichts.«

»Wir jagen nicht für andere«, erwiderte Lukes Vater, während er zur Elchkuh zurückging. »Das Fleisch gehört uns.«

»Und ich sage dir, dass wir dieser Elchkuh zwei Tage lang gefolgt sind. Vom Hackberry Creek bis hierher. Ein Mann, der anständig ist, teilt mit denen, die nichts haben, Prestridge. Erinnerst du dich?« Der Alte lachte. »Ich habe dir alles gegeben, als du nichts hattest. Ich habe dir mein Leben gegeben!«

Lukes Vater bückte sich und anstatt mit dem Abhäuten anzufangen griff er nach dem Gewehr. Luke presste die Lippen zusammen. Aus den Augenwinkeln sah er, wie sein Vater das Gewehr auf die drei Männer richtete.

»Ich habe dir mein Leben gegeben, verdammt!«, stieß Dogrib-Joe noch einmal hervor.

Jetzt blickte Lukes Vater auf. Seine Augen waren schmal und Luke sah, dass sein Gesicht blass geworden war.

»Nimm deine Söhne und verschwinde!«, sagte er so leise, dass ihn Luke kaum verstehen konnte. »Verschwinde, bevor ich die Geduld verliere!«

Dogrib-Joe legte den Kopf schief. Aus engen Augen blickte er Lukes Vater hasserfüllt an.

»Du hast auch noch nicht vergessen, Prestridge. Das ist gut so, denn eines Tages werde ich dich vielleicht doch noch töten. Vielleicht ist jetzt die Zeit dafür gekommen, nicht wahr? Zehn Jahre bist du mir ausgewichen. Zehn Jahre lang hast du nicht den Mut gehabt, mir zu begegnen. Vielleicht ist jetzt die Zeit gekommen, Prestridge?«

Lukes Vater schwieg. Da lachte Dogrib-Joe auf. Er stieß seinen Sohn Jim an, der mit unbewegtem Gesicht neben ihm stand.
»Schau ihn dir an! Er hat Angst vor uns. Er weiß, dass er noch nicht bezahlt hat. Sein Junge kennt nicht einmal die Wahrheit. Vielleicht hat er ihn die ganze Zeit angelogen. Junge, hast du ihn nie nach deiner Mutter gefragt? Du hörst doch, was die Leute reden, he? Prestridge, sag deinem Sohn lieber, er soll aufpassen mit seinem Zeigefinger. Das Gewehr könnte leicht losgehen. Sag ihm, dass ich nicht gern tot sein will. Sag es ihm, Prestridge.«
»Keine Sorge, er kann mit dem Gewehr umgehen«, gab Lukes Vater kalt zurück.
»Hat er den Elch geschossen?«
»Ja.«
»Guter Schuss, Junge!«, sagte der Alte anerkennend. »Ich wollte schießen, aber dann krachte es und der Elch fiel um. Du erinnerst mich an deine Mutter, Junge.«
Luke wurde es gleichzeitig heiß und kalt. Er hatte die Lippen fest zusammengepresst und sagte kein Wort.
Der Alte kicherte. »Hast du Angst, Luke? Vor uns brauchst du keine Angst zu haben. Wir sind keine Unmenschen. Weißt du, warum nicht wir den Elch erlegt haben?«
»Ihr seid im Wind gekommen«, sagte Luke.
»Richtig.« Der Alte spuckte aus. »Außerdem ist Bill über eine Wurzel gestolpert. Das war Pech. Bill ist halt etwas zurückgeblieben. Schwachsinnig. Der hat von nichts eine Ahnung.« Der Alte gab sein Gewehr seinem Sohn Bill. »Siehst du, der freut sich nur, wenn er etwas töten kann. So war er schon als Kind.«

Bill strahlte über sein ganzes Breigesicht, als er das Gewehr in den Händen hatte. Der Alte sagte etwas in einer indianischen Sprache zu ihm. Das Grinsen in Bills Gesicht löste sich auf. Er starrte Luke wieder unverwandt an.
»Nimmst du die Leber mit, Prestridge?«, fragte der Alte.
Lukes Vater überlegte kurz. Luke wusste, dass sie normalerweise die Leber von einem gesunden Tier nicht zurückließen.
»Hol dir die Leber«, sagte Lukes Vater schließlich knapp.
Der Alte nickte.
»Du hast ein gutes Herz, Prestridge«, sagte er höhnisch.
Er schickte seinen Sohn Jim, um die Leber zu holen. Jim bewegte sich geschmeidig wie eine Raubkatze. Während er auf die Innereien zuging, zog er mit einer blitzschnellen Bewegung sein Messer. Er kauerte bei den Innereien nieder und trennte die blutige Leber weg. Dogrib-Joe und seine Söhne teilten die Leber unter sich auf und verschlangen die Stücke auf der Stelle roh. Nur der Alte ließ ein Stück in seinem zerlumpten Fellmantel verschwinden.
Luke spürte, wie ein Ekel erregendes Gefühl in ihm hochkam. Sie unterschieden sich kaum von Tieren. Sie hausten irgendwo am Fuße des Slocan Peak.
An einem kleinen See, den die Indianer Spirit Lake nannten, hatten sie eine kleine Hütte. Niemand wusste genau, wie viele Mitglieder die Sippe von Dogrib-Joe zählte. Man sagte, dass sie Wurzeln aßen und Käfer. Und manchmal kamen sie aus den Bergen in die Nähe der Ansiedlungen. Wie hungrige Wölfe auf der Suche nach leichter Beute.
Der Alte wischte sich das Blut vom Kinn. Er nahm Bill das

Gewehr weg, legte es quer über seine Arme und verbeugte sich in die Richtung von Lukes Vater.

»Meinen Dank, Prestridge. Und falls du mal in die Nähe vom Spirit Lake kommst, lass dich nur nicht von einem Besuch bei uns abhalten. Wir sind gastfreundliche Leute, wie du dich sicher noch erinnern kannst. Jim legt dir dieses Mal den Fisch vielleicht sogar auf den Teller. Nicht wahr, Jim?«

Jim bleckte die Zähne. Das war die erste Regung, die er zeigte, seit er hier war. »Oder 'ne Ratte«, sagte er kehlig.

Luke fröstelte bei dem Gedanken, diesem Mann irgendwo draußen in der Wildnis allein zu begegnen; erst gar in der Nähe des Spirit Lake.

»Frag deinen Vater mal nach deiner Mutter, Junge«, stieß Dogrib-Joe spöttisch hervor und ohne eine Antwort abzuwarten drehte er sich um und ging davon. Seine beiden Söhne folgten ihm.

Tom Prestridge sah ihnen nach, bis sie im Gestrüpp verschwunden waren. Erst dann ließ er das Gewehr sinken und blickte sich nach Luke um.

»Mach dir keine Gedanken, Luke«, sagte er und lehnte das Gewehr wieder gegen den Rücken der Elchkuh. Er griff nach seinem Häutemesser und prüfte die Schärfe der Messerklinge mit dem Daumennagel. Dann kniete er nieder und schlitzte der Elchkuh an der Innenseite ihrer Schenkel die Haut auf.

»Du kannst mir zusehen oder du kannst mithelfen, Luke«, sagte er nach einer Weile. »Wenn du mir hilfst, sind wir vielleicht mit der ersten Ladung beim Pick-up, bevor es dunkel wird.«

Luke legte das Gewehr ungern weg. Er schnallte den Rucksack ab und entnahm ihm eine kleine Säge, wie sie von Schlachtern benutzt wurde, um Knochen durchzusägen. Während sein Vater sorgfältig, aber mit gekonnten Bewegungen die Fellhaut von den Beinen und vom Körper der Elchkuh löste, trennte ihr Luke die sehnigen Unterschenkel ab, an denen sich kaum Fleisch befand. Luke und sein Vater arbeiteten lange Zeit schweigend. Luke half ihm nicht zum ersten Mal, ein Tier fachgerecht abzuhäuten und zu zerlegen. Sein Vater hatte früher weiter unten im Tal Fallen ausgelegt und das wenige Geld, das sie zum Leben brauchten, mit Fuchsfellen verdient. Das war mehrere Jahre her und schon damals war es zwischen Tom Prestridge und Dogrib-Joe zu bösartigen Zwischenfällen gekommen. Sie kannten sich schon lange; das war sicher. Und niemand in Cedar Creek wusste, was zwischen ihnen war. Die Leute erzählten sich zwar Geschichten, aber an den meisten war nichts Wahres dran. Oder doch? Was war mit dem toten Fisch, der einmal vor der Tür einer alten Hütte am Taseko Lake lag, in der Luke und sein Vater ein Wochenende verbrachten? Und warum erzählte ihm sein Vater nie von seiner Mutter? Dogrib-Joe hasste ihn, das war ebenfalls sicher.
Luke erinnerte sich noch genau an einen Tag, an dem sein Vater halb erfroren nach Hause kam. Er war eine Woche lang einer Fallenstrecke gefolgt, nur um festzustellen, dass jede einzelne Falle von jemand mit einem Stock ausgelöst worden war. Ein heftiger Schneesturm hatte die Spuren verweht, aber in der Nähe einer Falle, im Schutz schneebeladener Äste, die so tief hingen, dass unter ihnen meh-

rere Männer während eines Sturmes Obdach und Schutz finden konnten, entdeckte Lukes Vater in einer kalten Feuerstelle zwei Sardinendosen, die jemand mit dem Messer geöffnet hatte. Zwei Wochen zuvor war im kleinen General Store, dem Gemischtwarenladen von Cedar Creek, eingebrochen worden und unter anderem hatten die Diebe eine ganze Kiste Sardinendosen mitgenommen. Der Verdacht war sofort auf Dogrib-Joe und seine Söhne gefallen, da diese am gleichen Tag vom Postfahrer an der Straße zwischen Cedar Creek und der kleinen Ortschaft Redstone gesichtet worden waren. Sie hatten sich in die Büsche geschlagen, als der Landrover plötzlich über einem Hügel auftauchte, und der Postfahrer, Lamont Blanchet, eine ehrliche Haut, der nicht leichtfertig mit Anschuldigungen zur Hand war, hatte genau gesehen, dass die zwei Söhne prall gefüllte Beutesäcke auf den Schultern trugen.
Luke wurde von seinem Vater aus den Gedanken gerissen. »Träumst du diesen drei Schuften hinterher, Luke?«, fragte er, als hätte er Lukes Gedanken gelesen. »Sie sind weg und sie werden sich hüten, uns noch einmal in die Quere zu kommen. – Schau nur, dort drüben warten die ersten Wölfe darauf, dass wir hier fertig machen und weggehen.«
Lukes Vater hatte Augen wie ein Falke. Selbst wenn er nicht nach irgendetwas Ausschau hielt, entging ihm nichts. Luke sah durch das Geäst hindurch zwei Wölfe am Hang. Beide waren mager, hatten aber dickes Winterfell. Luke war sicher, dass bald noch andere vom Geruch des Blutes und des warmen Fleisches angelockt werden würden. Es war deshalb notwendig, jene Stücke der Elchkuh im Geäst eines

Baumes unterzubringen, die sie nicht beim ersten Mal zum Wagen transportieren konnten. Luke überließ es seinem Vater, die Elchkuh zu zerlegen. Er selbst fällte mit der Handaxt zwei kleine Kiefern und schlug die Äste von den dünnen Stämmen. Mit einem Seil und einem Stück Lastwagenplane stellte Luke eine Trage her, auf der mindestens ein Drittel der Elchkuh Platz hatte. Mehr konnten sie ohnehin nicht tragen und das bedeutete, dass sie heute nur noch einen Transport machen konnten.

Es war fast Mittag, als Luke auf einen abgestorbenen Ahornbaum kletterte und ein Seil über den ersten Ast zog. Dann half er seinem Vater die Stücke der Elchkuh einzeln hochzuziehen und im Geäst zu verstauen. Der Baum stand schräg und sein Holz war von Wind und Wetter blank genagt. Der Wurzelstock war halb aus der Erde gerissen und Lukes Vater fürchtete erst, der Baum würde dem Gewicht der Elchstücke nicht standhalten. Es war aber der einzige Baum in der Nähe, der sich dazu eignete, ein Beuteversteck anzulegen und die Wölfe daran zu hindern, an das Fleisch heranzukommen. Ihnen blieben die Innereien, der Kopf und die Glieder, die Luke abgetrennt hatte. Das Fell wollte Tom Prestridge einem Chilcotin-Indianer geben, der in der Sägemühle arbeitete und dessen Frau daraus Mokassins nähen konnte.

Bevor sie sich auf den Marsch zurück zur Straße machten, brachte Luke auf ihrem kleinen Gaskocher Wasser zum Sieden und schüttete Pulverkaffee hinein. Sie aßen einige Streifen geräucherten Lachs, gesalzene Cracker und tranken dazu den Kaffee. Die Wölfe kamen inzwischen so nahe heran, dass Luke sie schon fast gegen den Wind riechen konnte.

Es schneite leicht, als Luke und sein Vater zum Abmarsch bereit waren. Die Elchstücke auf der Trage wogen mehr als hundert Pfund. Am Anfang schien Luke die Ladung gar nicht so schwer zu sein. Aber nachdem sie die erste Steigung hinter sich hatten und von einem flachen Hügelrücken aus in das bewaldete Tal des Taseko Creek blickten, konnte Luke die Stangenenden kaum mehr festhalten.
»Von hier aus können wir sie bis zum Waldrand schleppen«, sagte sein Vater und mit zusammengebissenen Zähnen bückte sich Luke, bis die Stangen den Boden berührten. Dann erst lösten sich seine verkrampften Finger, in denen er kein Gefühl mehr hatte.

Der Transport von der Abschussstelle zum Pick-up-Truck gehörte für Luke und seinen Vater zur Jagd wie das Lagern im Freien, die langen Märsche auf den Wildfährten, das geduldige Lauern im Stand, der Schuss und das Ausweiden und Zerlegen des erlegten Tieres. Solange Luke zurückdenken konnte, war es jeden Herbst das Gleiche. Früher, als er noch zu klein dazu gewesen war, hatte Vater den alten Chuck Henson mitgenommen. Inzwischen war Henson gestorben, aber Luke dachte noch oft an ihn und seine wilden Geschichten aus den Zeiten, lange bevor es in Cedar Creek eine Sägemühle gab und die Straße durch das Hinterland bis nach Bella Coola hinausführte.
Jetzt war alles anders. Von überall kamen Leute her. In Cedar Creek lebten schon fast dreihundert Menschen. Die meisten arbeiteten in der Sägemühle. Früher hatte es nur eine Schule in Redstone gegeben. Jetzt gab Jennifers Mutter im Bretterverschlag hinter der Kirche Unterricht, in

dem früher ein Pole mit seiner Familie gelebt hatte. Trotzdem hatte Cedar Creek noch immer keine Postleitzahl.

Auf dem Weg ins Tal hatte Luke viel Zeit, über alles nachzudenken. Es gab nichts anderes zu tun. Sein Vater schleppte die Trage über die Hänge hinunter. Er selbst trug beide Gewehre und seinen Rucksack, aber der war bis auf ein paar notwendige Dinge leer.

Luke hatte von Jennifers Mutter Lesen und Schreiben gelernt, und auch Rechnen. Sie war früher in Williams Lake Lehrerin gewesen. Dann war sie die Frau eines Mannes geworden, der für die Sägemühle Holztransporte fuhr. Der Mann war im letzten Winter verunglückt, als sein Transporter auf der verschneiten Straße schleuderte und in einen Abgrund stürzte. Eigentlich rechneten alle in Cedar Creek damit, dass Jennifers Mutter nach Williams Lake zurückkehren würde. Aber sie blieb. Und das lag vielleicht auch ein bisschen an Lukes Vater. Die Leute munkelten schon darüber. Einmal, an einem Sonntag, waren sie zusammen nach Williams Lake gefahren. Seither munkelten die Leute allerhand und sogar Reverend Lyman machte sich seinen Reim.

»Bei euch Prestridges gehört eine Frau ins Haus, bevor ihr noch ganz verwildert«, sagte er einmal mit einem Augenzwinkern, als Luke im General Store einkaufte. Nur gut, dass nicht auch noch Jennifers Mutter im Laden gewesen war.

An seine Mutter erinnerte sich Luke nicht mehr. Sie war gestorben, als er noch keine zwei Jahre alt war. Lungenentzündung, hatte ihm sein Vater gesagt. Aber das war nicht die Wahrheit. Die Wahrheit kannte niemand im Dorf.

Trotzdem redeten die Leute. Tausendmal hatte Luke seinen Vater schon fragen wollen, was damals passiert war. Tausendmal. Immer wenn er an sie dachte und an seine Vergangenheit, die er nicht kannte, weil er sich nur bis zu dem Tag zurückerinnern konnte, als ihn sein Vater auf den Schultern durch die Wälder trug. Und manchmal glaubte er, er könnte sich an ihr Gesicht erinnern. Manchmal, wenn er nachts wach in seinem Bett lag, sah er ihr Gesicht und es war immer das gleiche blasse Gesicht, weil er es nur von einem Bild kannte, das lange Zeit im Wohnzimmer auf der Kommode gestanden hatte. In einem schmalen Goldrahmen, von dem ein Stück abgebrochen war. Irgendwann hatte er bemerkt, dass es verschwunden war, und er hatte seinen Vater nie nach dem Bild gefragt. Sie redeten auch nie über seine Mutter. Nur der alte Henson hatte einmal gesagt, dass sie eine wunderschöne Frau gewesen sei. Aber da war noch etwas, was Luke gerne gewusst hätte. Da war noch eine andere Wahrheit.

Am Waldrand hielt Tom Prestridge an. Schweiß rann ihm aus der Fellmütze über das Gesicht. Er rang nach Atem, als er sich aufrichtete.

»Wir sind ein gutes Stück vorangekommen, Luke«, stieß er schnaufend hervor und blickte den Hang zur Hügelkuppe hoch, über die schwarze Wolken hinwegzogen. »Durch den Wald müssen wir wieder tragen.«

»Ich bin ausgeruht«, sagte Luke. Er gab seinem Vater die Wasserflasche. Während er trank, beobachtete er ihn von der Seite. Der Schweiß glitzerte an seinen Hautfalten. Die Stoppeln waren drei Tage alt und so konnte Luke gut sehen, dass sein Bart links und rechts vom Kinn weiß

gesprenkelt war. Als er die Flasche absetzte und sich mit dem Handrücken über den Mund fuhr, fragte ihn Luke nach dem Bild. Luke wusste selbst nicht, was ihn dazu brachte, den Mund zu öffnen und nach dem Bild zu fragen.
Sein Vater drehte den Kopf und blickte ihn fragend an.
Luke hob die Schultern. »Es ist nicht wichtig«, sagte er. »Ich habe nur eben daran gedacht, als ich hinter dir herging.«
»Denkst du oft an deine Mutter?«
»Nein. Nicht oft. Manchmal, wenn ich allein bin. Und auf der Jagd.« Luke grinste. »Wenn es still ist und ich hinter dir hergehe ohne etwas zu tun.«
»Dann denkst du über deine Mutter nach?«
»Über alles.« Luke senkte den Kopf. »Du hast mir nie von meiner Mutter erzählt. Und warum sie dich hassen.«
»Wer?«
»Dogrib und seine Sippe.«
»Was hat das eine mit dem anderen zu tun, Luke?«
»Ich weiß nicht. Jemand hat einmal gesagt, dass sie dich wegen Mom hassen.«
Tom Prestridge schraubte den Verschluss auf den Flaschenhals und gab Luke die Flasche zurück. Luke hob den Kopf und erschrak über den finsteren Ausdruck im Gesicht seines Vaters. Seine hellen Augen waren hart wie Glas. Er nahm die Mütze vom Kopf und wischte sich mit dem Ärmel seiner Jacke den Schweiß aus dem Gesicht.
»Die Leute reden viel«, sagte er plötzlich. »Du solltest nicht darauf achten, Luke.«
»Es waren nicht die Leute«, entgegnete Luke. »Es war

Chuck, bevor er starb. Er erzählte mir eine Geschichte. Aus den alten Zeiten, als du ins Land gekommen bist.«

»Chuck war ein alter Schwätzer.« Tom Prestridge drehte Luke den Rücken zu, bückte sich und griff nach der Stange der Trage. »Komm, es ist noch ein gutes Stück zur Straße.« Auf dem Weitermarsch verlor er kein Wort mehr darüber. Sie folgten einem ausgetretenen Wildpfad durch den Wald talwärts. Im Wald herrschte düsteres Zwielicht. Sie mussten aufpassen, damit sich ihre Füße nicht in den aus dem Boden ragenden Wurzelarmen verfingen. Weiter unten, dort, wo der Wald lichter wurde, hielt Tom Prestridge plötzlich an. Er deutete mit dem Kopf zum Stamm einer Kiefer hinüber. In Höhe von mindestens drei Metern war die Rinde aufgerissen. Das Holz darunter schimmerte hell und an den unteren Enden der tiefen Schrammen bildeten sich Harztropfen.

»Die sind noch keinen halben Tag alt«, sagte Tom Prestridge. »Kannst du noch oder sollen wir eine Rast einlegen?«

»Ich kann noch«, sagte Luke, obwohl er fast nicht mehr konnte. Sie gingen noch ein Stück. Luke sah sich jetzt nach allen Seiten um. Die Schrammen am Baumstamm waren eine deutliche Warnung. Obwohl sein Vater nichts gesagt hatte, wusste Luke, dass sie nur von einem Grizzlybären stammen konnten. Kein Schwarzbär war groß genug, um in drei Meter Höhe die Rinde eines Baumes aufzureißen und sein Revier zu markieren. Außerdem hatten sich die Schwarzbären längst in ihre Höhlen zurückgezogen und befanden sich im tiefsten Winterschlaf. Selbst für einen Grizzly war es ungewöhnlich, sich um diese späte Jahreszeit noch herumzutreiben.

Lukes Vater blieb plötzlich wieder stehen. Dieses Mal waren es Spuren auf dem Wildpfad, die seinen geübten Augen nicht entgangen waren. Mit einer Kopfbewegung deutete er zu einer laubbedeckten Böschung hinüber. Deutlich war zu erkennen, wo der Grizzly den Wildpfad verlassen hatte. Das nasse Laub war durchwühlt. An einigen Stellen kam dunkle Walderde zum Vorschein. Die Spur führte über die Böschung hinweg und schräg an einem Hang hoch, ziemlich genau in die Richtung, aus der Luke und sein Vater gekommen waren.

Luke dachte sofort an das Fleisch, das sie auf dem Baum zurückgelassen hatten. Gut, die Wölfe kamen nicht ran, aber ein Grizzly, der seine Markierungen in drei Meter Höhe machte, brauchte sich nicht einmal ganz zu strecken, um die Fleischstücke aus dem Geäst zu angeln.

Luke blickte seinen Vater an, und als er den entschlossenen Ausdruck in dessen Gesicht sah, wusste er, dass er dem Grizzly folgen würde.

»In zwei Stunden wird es dunkel, Luke«, sagte Tom Prestridge. »Wenn ich mich etwas beeile, bin ich bis dahin zurück.«

Sie ließen die Trage zu Boden gleiten. Lukes Arme schmerzten. Er blickte den Hang hinauf, wo die Fährte des Grizzlys zwischen den Bäumen verschwand.

»Es ist eine Weile her, seit in dieser Gegend ein Grizzly gesichtet wurde«, sagte Tom Prestridge und zog das Gewehr von seiner Schulter.

»Zwei Jahre«, sagte Luke. Er erinnerte sich noch genau an den Tag, als ein Helikopter aus Williams Lake in Cedar Creek landete, weil zwei Studenten aus Vancouver auf einer Bergwanderung von einem Grizzly angefallen worden waren. Das heißt, eigentlich hatte der Grizzly sie nur erschreckt, so dass sie die Flucht ergriffen und im Laufen ihre Rucksäcke weggeworfen hatten. Der Grizzly, ein harmloser Silvertip, ein Grizzly mit weißen Haarspitzen, der den Leuten im Hinterland nie gefährlich geworden war, war so alt gewesen, dass er mit seinen stumpfen Krallen und Zähnen kaum mehr große Beute machen konnte und während der Sommermonate darauf angewiesen war, Rucksäcke aufzureißen und Erdnüsse zu fressen oder Trockensuppe. Manchmal kam er auch in die Nähe der Häuser oder Holzfällerlager und eigentlich hätte im Lauf der Zeit ein Unglück passieren können, weil ihn oft Hunde anfielen und er dann wütend wurde. Oberleutnant Vince Edwards von der R.C.M.P. fragte Lukes Vater, ob er ihn auf der Jagd nach dem alten Grizzly begleiten würde. Noch am gleichen Abend spürte ihn Tom Prestridge in der Nähe der alten Hackett-Farm auf und sie schossen ihn auf der Stelle nieder.

Seither hatte man nur einmal eine Bärin mit zwei Jungen gesehen, weit oben, auf der anderen Seite des Slocan Peak. Lukes Vater hatte keine Ahnung, wo dieser Grizzly herkam. Es konnte gut sein, dass er die Wälder am Oberlauf des Big Creek verlassen hatte oder sogar von Cowboys aus dem Gebiet der Gang-Ranch vertrieben worden war. Luke hätte seinen Vater gern begleitet, aber er wusste, dass jemand das Fleisch bewachen musste. Wegen der Kojoten und Wölfe. Und vielleicht wegen Dogrib-Joe. Luke war nicht sicher, dass diese drei finsteren Gesellen tatsächlich nicht mehr in der Nähe waren. Wenn man nichts von ihnen sah, bedeutete das noch lange nicht, dass sie nicht irgendwo auf der Lauer lagen.

»Ich bin zurück, bevor es dunkel ist«, sagte Tom Prestridge. Ohne ein weiteres Wort drehte er sich um. Er nahm die Fährte an der Böschung auf und Luke, der ihm nachsah, bewunderte die Leichtigkeit, mit der sich sein Vater bewegte. Obwohl er schon den ganzen Tag auf den Beinen war, lief er den Hang hoch. Er beeilte sich, weil er zurück sein wollte, bevor es Nacht wurde.

Der Grizzly

Tom Prestridge folgte der Fährte das Tal hinauf. Der Grizzly konnte nicht mehr als eine halbe Stunde Vorsprung haben. Die Fährte war frisch. In einer frostgeschützten Mulde hatte der Grizzly die letzten grünen Blätter von einem Strauch gefressen.
Der Grizzly hatte Hunger. Weiter oben stieß Tom Prestridge auf eine Stelle, wo er den Boden mit seinen krallenbewehrten Pranken so lange durchgeackert hatte, bis er offenbar auf den Bau von Waldmäusen gestoßen war, die Nüsse, Beeren und essbare Wurzeln gehortet hatten. Ein hungriger Grizzly konnte ein gefährliches Raubtier sein. Tom Prestridge machte sich nichts vor. Falls er dem Bären zu nahe kam, war es gut möglich, dass ihn dieser, entgegen jeder Grizzlygewohnheit, sofort angriff. Normalerweise wichen Grizzlys den Menschen genauso aus wie jedes andere frei lebende Raubtier. Grizzlys schienen einen besonders ausgeprägten Instinkt zu besitzen, der sie vor der Gefährlichkeit des Menschen warnte. Sonst gab es kein Lebewesen in dieser grenzenlosen Wildnis, das der Grizzly hätte fürchten müssen. Andere Tiere wichen ihm aus. Sie kannten seine unberechenbare Art, die ihn scheinbar ohne jeglichen Grund zu einem unangenehmen Gesellen von unglaublicher Zerstörungswut werden lassen konnte. Tom Prestridge hatte es einige Male selbst erlebt,

wie Grizzlybären sich von einer Sekunde auf die andere vom friedlichen Meister Petz in eine wütende Bestie verwandeln konnten. Diese Anfälle waren es, die ein Mann zu fürchten hatte, der einer Bärenfährte folgte. Im normalen Zustand war ein Grizzly genauso harmlos wie ein Schwarzbär oder genauso gefährlich. Das kam mehr oder weniger auf das Verhalten des Menschen an, der ihm begegnete. Wer die Regeln kannte, kam meistens mit heiler Haut davon. Wer in Panik geriet und falsch reagierte, war einem ausgewachsenen Grizzly nicht einmal mit einer mehrschüssigen Jagdwaffe gewachsen.

Tom Prestridge konnte den Grizzly riechen, als er noch gut fünfhundert Meter von ihm entfernt war. Der Wind trug ihm den Geruch von fauligem Fleisch zu. Außerdem hörte er das Gekläff der Wölfe, die den Grizzly längst entdeckt hatten und ihn wahrscheinlich davon abbringen wollten, sich an ihrer Beute zu vergreifen.

Tom Prestridge erreichte die Hügelkuppe über der Senke, in der sich der Tümpel befand. Er war den Hang hoch fast immer gelaufen und dabei ziemlich außer Atem geraten. Trotzdem hatte ihn die frühe Abenddämmerung eingeholt. Im schwächer werdenden Tageslicht war die Fährte des Grizzlys nicht mehr so gut auszumachen. Sie führte durch das Gestrüpp, an dessen Geäst sich Raureif bildete. Bevor Tom Prestridge sich anschickte durch das Gestrüpp zur anderen Seite des Hügels vorzudringen, verschnaufte er. Er hütete sich davor, dem Grizzly in einer Verfassung zu begegnen, die es ihm unmöglich gemacht hätte, gezielte Schüsse abzufeuern, falls dies notwendig geworden wäre. Tom Prestridge hoffte, der Grizzly würde den Baum mit dem Fleisch außer Acht lassen. Dann brauchte er ihn nicht zu töten, obwohl es sich bei ihm um einen verspäteten Eindringling handelte, der den Leuten im Tal im Laufe der kalten Monate eine Gefahr werden konnte, weil er keinen Winterplatz mehr fand und ihm die Jagd in einem ihm fremden Revier erschwert war.

Tom Prestridge überlegte sich dies alles, während er auf dem Hügel wartete, bis sein Atem regelmäßig ging und er neue Kraft in seinen erschöpften Muskeln verspürte. Erst dann setzte er sich in Bewegung. Er schlug sich durch das kahle Gestrüpp. Der Wind kam von vorn. Das wütende Gekläff der Wölfe wurde lauter. Und plötzlich erscholl die Stimme des Grizzlys. Ein Furcht erregendes Gebrüll, das selbst einem Mann wie Tom Prestridge in die Knochen fuhr. Er näherte sich jener Stelle, von der aus Luke die Elchkuh erlegt hatte. Tom Prestridge bewegte sich vorsichtig durch das Gestrüpp. Er spannte den Hammer seines Jagdgewehrs, kurz bevor er den Rand des Abhanges erreichte. Jetzt konnte er den Grizzly durch das Geäst hindurch sehen. Er stand am Rande der Senke und brüllte die Wölfe an, die ihn in gebührendem Abstand umzingelt hatten, sich aber nicht an ihn heranwagten. Der Anblick dieses riesigen Tieres versetzte Tom Prestridge einen Moment in einen Zustand höchster Anspannung. Der Grizzly war ein Prachtkerl. Tom Prestridge schätzte seine Länge auf zweieinhalb Meter. Über dem muskelbepackten Buckel war das zottige Fell fast weiß. Trotz der schlechten Sichtverhältnisse konnte Tom Prestridge die riesigen Pranken mit den langen Krallen erkennen, als sich der Bär in voller Größe aufrichtete und den Wölfen die Seite zudrehte. Dies war

eine Warnung und gleichzeitig ein Zeichen dafür, dass er nicht unbedingt an einem Streit interessiert war. Und die Wölfe waren schlau. Sie wussten, wen sie vor sich hatten. Er war der König der Wildnis. Es gab kein anderes Tier in den weiten Bergregionen Kanadas, das sie mehr respektierten. Und so versuchten sie gar nicht, den Grizzly anzugreifen. Im Gegenteil, es fiel Tom Prestridge nach kurzer Zeit auf, dass die Wölfe etwas im Schilde führten. Zuerst glaubte er sich zu täuschen, aber dann war er sicher, dass seine Beobachtungen richtig waren. Diese schlauen Tiere ließen dem Grizzly nur die Richtung zu dem Baum offen, auf dem das Fleisch untergebracht war. Sie selbst hatten sich vergeblich abgemüht an die Beute im Geäst heranzukommen, nachdem sie alles andere gefressen hatten. Jetzt sahen sie ihre Chance. Der Grizzly war hungrig. Und der Grizzly war kräftig genug, den Baum zu entwurzeln. Außerdem konnte er die unteren Äste mit den Pranken erreichen, wenn er sich voll ausstreckte.
Der Grizzly hatte noch gar nicht begriffen, worum es den Wölfen ging. Er ließ sich nieder und wälzte sich brüllend auf der Erde, wo die Elchkuh ausgeblutet war. Sein Gebrüll wurde lauter. Der Blutgeruch machte ihn hungrig. Seine Krallen wühlte die Erde auf. Aber da war nichts, was er hätte fressen können. Teils voll Bewunderung, teils mit der Sorge eines Jägers, der seine Beute bedroht sah, schaute Tom Prestridge zu, wie der Grizzly schließlich genau das tat, was die Wölfe beabsichtigten; er trottete auf den Ahornbaum zu! Die Wölfe folgten ihm in sicherem Abstand, belauerten jede seiner Bewegungen und kläfften ihm scheinbar aufmunternd zu. Tom Prestridge hob lang-

sam das Gewehr, als der Grizzly die Fleischstücke im Geäst des Baumes entdeckte. Lange blickte er am Baum hoch, so als überlegte er, wie er am leichtesten an die Beute herankommen könnte. Dann setzte er sich auf. Die Wölfe hatten ihn jetzt völlig umzingelt. Er brüllte und schüttelte sich, als wäre er nass geworden, und richtete sich langsam auf den Hinterbeinen auf.

Tom Prestridge hob das Gewehr etwas an und drückte den Kolben gegen die Schulter. Er hatte keine Wahl. Er musste den Grizzly mit dem ersten Schuss möglichst gut treffen. Dass er ihn nicht mit einer Kugel zur Strecke bringen konnte, wusste er. Und dass sich dieser hungrige Grizzly niemals von einem Warnschuss in die Flucht hätte jagen lassen, das war ihm auch klar.

Einen Moment lang dachte Tom Prestridge daran, ihm das Elchfleisch zu überlassen, aber dann entschloss er sich doch, das zu tun, was jeder Jäger an seiner Stelle getan hätte. Er zielte und schoss.

Es war schon fast dunkel unter den Bäumen, wo Luke auf die Rückkehr seines Vaters wartete. Über ihm rauschten die Wipfel der Tannen und Kiefern. Äste rieben aneinander und Bäume bewegten sich ächzend. Manchmal trieb der Wind vereinzelte Schneeflocken in den Wald hinein.

Luke hatte sich an der Böschung einen windgeschützten Platz gesucht. Es war kalt geworden. Luke hatte Feuerholz zusammengetragen. Er rechnete eigentlich nicht mehr damit, dass sein Vater zurückkehrte, bevor es Nacht war. Der Gedanke beunruhigte ihn etwas. Immerhin konnte es gut sein, dass sich Dogrib-Joe und seine Söhne noch immer in der Gegend herumtrieben. Das war ein Grund, warum Luke noch kein Feuer entfacht hatte, an dem er sich wenigstens hätte wärmen können. Manchmal hatte er sogar ganz deutlich das Gefühl, als würde er beobachtet. Das konnte auch bloße Einbildung sein. Es gab nämlich nicht die geringsten Anzeichen dafür, dass außer ihm noch jemand in der Nähe war. Nur einmal hörte er im Wald ein Geräusch, das ihn hochschreckte. Er wusste nicht, was es war. Es konnte ein Tier gewesen sein, das auf einen morschen Ast getreten war. Lange horchte er in den Wald hinein, aber außer dem verwehten Gekläff einiger Wölfe, das ihm der Wind manchmal schwach zutrug, war nichts mehr zu hören.

Bis zum Schuss.

Luke glaubte erst, seine Sinne hätten ihn getäuscht, aber kaum hatte er den ersten leisen Knall vernommen, fiel ein zweiter Schuss. Luke sprang auf. Beide Schüsse kamen im Wind, der von den Bergen her in das Tal hinunterwehte. Dem Geräusch nach waren es Schüsse, die sein Vater mit seinem Remington-Jagdgewehr abgeschossen hatte. Luke kannte den Knall. Er hatte ihn oft genug gehört.

Luke lauschte angestrengt in den Wind.

Nichts. Das Gekläff der Wölfe war erstorben. Nur das Rauschen, mit dem die Böen durch den Wald fegten, war zu hören. Luke wartete auf den nächsten Schuss, aber er kam nicht. Hatte Vater den Grizzly eingeholt? War er von ihm angegriffen worden? Zwei Schüsse. Normalerweise konnte man einen Grizzly mit zwei Schüssen nicht zur Strecke bringen, es sei denn, einer davon hätte ihn direkt ins Herz getroffen. Vater war ein guter Schütze. Der beste im Tal.

Aber bei diesem schwachen Licht war es gut möglich, einen Fehlschuss abzufeuern.
Minuten vergingen. Der Wind ließ nicht nach, und wenn sein Vater noch einmal gefeuert hätte, wäre ihm der Schuss zu Ohren gekommen. Luke stellte sich vor, wie der Grizzly von beiden Kugeln verletzt worden war und sich auf seinen Vater stürzte. Vielleicht klemmte der Verschluss. Vielleicht war sein Vater der Bestie zu nahe auf den Pelz gerückt.
»Mach dich nur nicht selbst verrückt«, hörte sich Luke leise sagen. Er stand noch eine Weile still. Dann kauerte er nieder und entfachte das Feuer. Der Lichtschein gab ihm wenigstens ein Gefühl der Geborgenheit und die Flammen wärmten ihn. Er wartete lange. Eine Stunde verging. Zwei. Sein Vater kehrte nicht zurück. Das Feuerholz wurde knapp. Zwar lag noch genug Holz im Wald herum, aber Luke hatte keine Lust, noch länger hier zu warten. Je mehr Zeit verstrich, umso mehr wuchs die Sorge um seinen Vater. Vielleicht war tatsächlich irgendetwas passiert und er brauchte Hilfe.
Luke löschte das Feuer. Ohne sich um die Trage mit dem Elchfleisch länger zu kümmern begann er in der Dunkelheit dieser kalten Nacht der Spur zu folgen, der sein Vater nachgegangen war. Da er kaum etwas sehen konnte, nahm er die Taschenlampe zu Hilfe. Solange er sich im Wald befand, hatte er keine Mühe, die Fährte zu halten. Sie verlief ziemlich gerade in einer Richtung. Luke ging, so schnell er konnte, ohne außer Atem zu geraten. Es waren etwa sechs Kilometer, die er zurückzulegen hatte, falls sich sein Vater nicht vom Platz am Tümpel entfernt hatte.
Sobald Luke den Wald hinter sich gelassen hatte, ging ein

bretterharter Nordwest gegen ihn an. Der Lichtstrahl seiner Taschenlampe reichte im dichter werdenden Schneegestöber nicht weiter als etwa zehn Schritte. Die Fährte war an mehreren Stellen nicht mehr zu erkennen. Luke ging langsamer. Es war leicht, von der richtigen Richtung abzukommen und sich zu verirren. Und als er nach zwei Stunden irgendwo am Talhang stand und nicht mehr wusste, wo er sich befand, entschied er sich einen Signalschuss abzufeuern. Der Knall des Schusses klang im Schneegestöber gedämpft. Ohne Widerhall. Danach war es still. Luke wollte schon wieder den Hang hinauf, als nicht sehr weit von ihm entfernt das Gewehr seines Vaters krachte.

Jetzt lief er den Hang hoch und schlug sich auf einer Hügelkuppe durch verschneites Gestrüpp. Ganz in der Nähe begann ein Wolf zu kläffen. Ein anderer antwortete. Luke teilte die Äste mit dem linken Arm. Sie waren glashart. Nach etwa dreißig Metern erreichte er eine Stelle, die ihm sofort bekannt vorkam, obwohl jetzt alles verschneit war. Von hier aus hatte er den Elch erlegt. Er richtete den Strahl seiner Taschenlampe in die Senke hinunter. Schneeflocken wirbelten im Licht, trotzdem konnte Luke die Umrisse einer Gestalt sehen, die aus dem Schneegestöber auftauchte.

»Luke!«, rief die Stimme seines Vaters.

Luke lief den Hang hinunter auf seinen Vater zu. Als er bei ihm war, knipste er die Lampe aus. Dunkelheit umfing sie. Lukes Atem ging keuchend. »Ich ... ich habe die Schüsse gehört«, stieß er hervor. »Ich dachte, du kommst nicht zurück. Was ist passiert?«

»Der Grizzly versuchte an unser Fleisch heranzukommen«, erklärte Lukes Vater. »Es war schon fast dunkel. Eigentlich hätte ich versuchen sollen näher an ihn heranzugehen. Aber ich dachte, ich treffe ihn mit dem ersten Schuss gut.«
Luke sagte nichts darauf. Er konnte sich kaum vorstellen, dass sein Vater zweimal daneben geschossen hatte, ganz gleich, wie schlecht die Sichtverhältnisse waren.
»Ich traf ihn. Ich traf ihn mit zwei Kugeln, aber anstatt dass er sich mir gestellt hätte, machte er sich davon. Ich kam nicht mehr zum Schuss.« Ein Streichholz flammte auf und Luke sah, wie sein Vater die kleine Flamme, mit beiden Händen schützend umschlossen, an eine Zigarette hielt. Als das Streichholz verlöschte, leuchtete die Glut der Zigarette in der Dunkelheit.
»Ich ging ihm nach. Es wurde dunkel und es schneite immer dichter. Er ist verletzt und verliert Blut. Einige Male hörte ich ihn brüllen und ich hoffte, dass er anhalten und sich zur Wehr setzen würde. Nach einer Stunde musste ich aufgeben.«
Die Glut der Zigarette leuchtete auf und der schwache Lichtschein erhellte für einen Moment das Gesicht von Tom Prestridge.
»Vielleicht hast du ihn gut genug getroffen und er stirbt noch in dieser Nacht«, sagte Luke.
»Das könnte sein. Ein Wolfsrudel folgt ihm. Wir bleiben die Nacht über hier und versuchen morgen die Fährte aufzunehmen. Ich will wissen, woran ich mit ihm bin, bevor wir von hier weggehen.«
Luke wusste, was das bedeutete. Sie würden den Rest der Nacht in einem notdürftigen Unterschlupf verbringen, um

am nächsten Tag der Schweißfährte eines Grizzlys zu folgen, der durch die Verletzung zu einer reißenden Bestie werden konnte. Zu einer Gefahr für andere Jäger oder für die Chilcotin-Indianer am Taseko Lake. Es war sogar möglich, dass ihn der Hunger irgendwann talwärts treiben würde, in die Nähe von Cedar Creek. Und so wie Luke seinen Vater kannte, würde dieser nicht eher ruhen, als bis er den Grizzly zur Strecke gebracht hatte.

Dogrib-Joe und seine Söhne lagerten am Buck Creek, einem kleinen Quellbach, der weiter unten im Tal in den Taseko Creek floss. Eigentlich hatten sie die Nacht in einer verlassenen Hütte an der Straße nach Cedar Creek verbringen wollen, aber nachdem sie so leicht zu unerwarteter Beute gekommen waren, suchten sie einen Platz in der Nähe, wo sie ungestört ihre Bäuche voll schlagen konnten. Es war ein guter, windgeschützter Platz am Fuße einer überhängenden Böschung, etwa zehn Schritte vom Ufer des Baches entfernt. Über ihnen ragten die knorpeligen Arme eines Wurzelstockes aus dem Abhang und bildeten ein natürliches Dach. Sie hatten auf der Uferbank eine kleine Feuermulde ausgehoben und mit Steinen einen Windfang gebaut. Die Wärme des Feuers staute sich unter der Böschung und der alten Plane, die sie an den Wurzelarmen befestigt hatten, so dass sie wie ein Vordach schräg nach unten aufgespannt werden konnte.

Nein, selbst in der alten zerfallenen Rindenhütte mit dem löcherigen Dach hätten sie diese Nacht nicht bequemer und angenehmer verbringen können. Dogrib-Joe geriet in eine richtig feierliche Stimmung. Zur Überraschung seiner

Söhne brachte er wieder einmal die alte Mundharmonika zum Vorschein und machte ein bisschen Musik. Er war satt. Nur Bill aß noch. Bill konnte nie genug kriegen. Sein Bruder Jim hockte gegen die Böschung gelehnt und stierte in die Flammen des Feuers. Es war schon fast Mitternacht. Von der Stelle aus, wo Luke Prestridge den Elch geschossen hatte, waren sie nicht mehr weit gegangen. Aus sicherer Entfernung hatten sie Luke und dessen Vater beobachtet, und als die beiden mit der ersten Ladung ins Tal marschierten, folgten sie ihnen. Es gab eigentlich keinen Grund dafür. Der Alte wusste gut genug, dass Tom Prestridge ein Mann war, den man tunlichst in Ruhe ließ. Er kannte ihn besser, als seine Söhne dachten, falls sie überhaupt etwas dachten.

Im Wald hatten sie beobachtet, wie Luke und sein Vater anhielten. Dann machte sich Tom Prestridge aus unerfindlichen Gründen auf den Weg zurück, das Tal hinauf. Dogrib-Joe wäre ihm gern gefolgt, nur um herauszufinden, was los war, aber er war an diesem Abend bis in seine alten Knochen hinein müde. Außerdem ergab sich vielleicht eine Gelegenheit, sich an den Jungen heranzumachen. Nur so zum Spaß. Und vielleicht hätte er ihm ein paar Dinge sagen können. Von früher. Dinge, von denen in Cedar Creek niemand eine Ahnung hatte und von denen wahrscheinlich nicht einmal der Junge etwas wusste.

Sie hielten sich eine Weile unschlüssig im Wald auf. Kurz bevor es dunkel wurde, knallten weiter oben im Tal zwei Schüsse. Das konnte nur Tom Prestridge gewesen sein. Der Junge im Wald war lange Zeit ganz aufgeregt. Jim schlich sich etwas näher an ihn heran, aber der Junge hörte ihn

und sprang auf, das Gewehr schussbereit. Wahrscheinlich hätte er sofort gefeuert, wenn sich Jim ihm gezeigt hätte. Aus lauter Angst.
Schließlich löschte der Junge sein kleines Feuer und verschwand. Er ging das Tal hinauf. Die Trage mit mehreren Fleischstücken blieb unbewacht im Wald zurück. Dogrib-Joe überlegte nicht lange. Zusammen mit seinen Söhnen stahl er ein Stück, an dem sie wenigstens zwei Tage zu essen hatten. Sie machten es so, dass es aussah, als waren Wölfe über das Fleisch hergefallen. Sie schleiften ein paar Stücke weit weg vom Pfad. Bis zum Morgengrauen wurde kaum mehr viel vom Fleisch übrig sein und Tom Prestridge würde nie auf die Idee kommen, dass er bestohlen worden war, weil der Schnee die Spuren zugedeckt hatte.
Dogrib-Joe klopfte die Spucke aus der Mundharmonika und steckte sie weg. Seine Lippen brannten. Er war schläfrig.
»Was meinst du, warum Prestridge zurückgegangen ist?«, fragte er Jim ohne ihn anzusehen.
Jim gähnte. »Er hat auf irgendetwas geschossen.«
»Auf Wölfe vielleicht.« Dogrib-Joe nahm seine Fellmütze vom Kopf und kratzte sich geräuschvoll.
Bill wischte sich mit dem Handrücken über das fetttriefende Kinn. »Auf einen Grizzly vielleicht«, kicherte er.
»Red keinen Blödsinn«, brummte Dogrib-Joe. »Seit Jahren gibt es keinen Grizzly mehr in der Gegend. Wenn er geschossen hat, dann hat er auf Wölfe geschossen, damit ihnen die Lust vergeht, um sein Versteck herumzuschleichen. Man kann nie wissen, ob sie nicht einen Weg finden, das Fleisch aus dem Baum zu holen.«

»Sie sind schlau«, sagte Jim. »Aber so schlau sind sie nun auch wieder nicht.« Er grinste. »Wir hatten Glück, das ist alles. Schau dir Bill an. Der platzt fast; so dick ist sein Bauch schon.«

»Friss nur nicht mehr, als du vertragen kannst, Bill. Ich will nicht, dass du uns dieses gemütliche Heim hier verkotzt.« Dogrib-Joe erhob sich. »Wir machen uns früh auf die Socken. Könnte Ärger geben, wenn wir Prestridge noch einmal in die Quere kommen. Wenn der sieht, wie fett Bill über Nacht geworden ist, macht er sich seinen eigenen Reim über das Verschwinden von seinem Fleisch.«

»Soll der doch«, gab Jim zurück. »Ich versteh das nicht, zum Teufel. Wir haben heute die beste Gelegenheit verpasst, ihm das Fell über die Ohren zu ziehen. Das ist es doch, was du schon immer gewollt hast, oder?«

Dogrib-Joe spuckte aus. »Du hast keine Ahnung. Überhaupt keine, Jim«, stieß er scharf hervor. Jim grinste und Dogrib-Joe stampfte aus dem Lager. Als er zurückkam, lag Jim neben dem Feuer am Boden und schlief. Dogrib-Joe legte mehr Holz ins Feuer. Dann suchte er sich einen Platz zwischen seinen Söhnen, schlug den alten Fellmantel um sich und ermahnte Bill noch einmal, nicht so viel zu essen. Bill konnte ihm keine Antwort geben, denn sein Mund war voll. Noch eine ganze Weile hockte er allein am Feuer und aß. Dann ging er hinaus in den Wald. Es schneite noch immer. Bill hatte ein gutes Gefühl. Er war satt. Und sein Vater hatte Musik gemacht. Er hob den Kopf und die Schneeflocken, die ihm ins Gesicht flogen, schmolzen auf seiner Haut. Manchmal flog ihm eine in den Mund. Dann freute er sich.

Und während er in der Dunkelheit Schneeflocken mit dem Mund aufzufangen versuchte, drang plötzlich ein Laut an seine Ohren, wie er ihn noch nie gehört hatte. Bills Mund blieb offen stehen. Er sah sich nach allen Seiten um, aber er konnte nichts erkennen außer den Umrissen der Bäume und den eisbehangenen Felsbrocken auf der anderen Seite des Baches. Der flackernde Lichtschein des Lagerfeuers, der zwischen der Plane und der Böschung durchdrang, glühte im Eis.

Bill war nicht sicher, was der Laut gewesen war. Es hatte sich wie ein entferntes Röhren eines brünftigen Elchbullen angehört. Aber die Zeit der Paarungskämpfe war vorbei. Bill stieß die Fäuste in die Manteltaschen und schlenderte zum Lager zurück. Er dachte längst nicht mehr an das Brüllen, als er noch ein Stück Fleisch zwischen seine Zähne schob und sich dann zwischen seinem Vater und seinem Bruder hinlegte. Es war eigentlich ein guter Tag gewesen, dachte Bill, während er kauend und schmatzend eindöste. Schon lange hatte er sich den Bauch nicht mehr so voll schlagen können wie heute. Und es hatte erheblich mehr Spaß gemacht als den langen Weg nach Redstone zu gehen und dort in den Mülltonnen der Leute zu wühlen, bis sich eine Gelegenheit ergab, irgendwo irgendetwas zu klauen.

Der Grizzly kam, als es noch stockdunkel war. Sie hörten ihn nicht. Sie schliefen fest, satt vom Fleisch, das sie am Abend gegessen hatten. Bill rülpste im Schlaf.

Das Feuer war niedergebrannt. Die dicken Wurzelknorpel, die noch nicht ganz verbrannt waren, glühten auf, wenn der Wind einen Weg unter die Böschung fand. Manchmal wirbelte Asche auf.

Die drei Männer merkten von all dem nichts.
Der Grizzly kam den Bach entlang. Das Blut aus den Wunden gefror in seinem Pelz. Manchmal hockte er sich hin und brüllte, weil in seinem Innern etwas nicht mehr stimmte. Er hatte Schmerzen, die er nicht loswerden konnte. Auch nicht, wenn er sich am Boden wälzte. Und auch nicht, als er mit den Pranken das dünne Eis am Ufer des Baches aufschlug und sich ins Wasser legte. Das Wasser kühlte nur seine Wunden. Aber in seinem Innern brannte es, als hätte er Bienen verschluckt.
Er wusste nicht, wo er sich befand. Das Land war ihm fremd. Er kam von weit her. Er kam von jenseits der Berge, aus einem anderen Tal.
Dort, wo er herkam, hatten Menschen auf ihn geschossen. Sie hatten ihn nie getroffen. Aber er hatte von seiner Mutter gelernt, dass ihm von nichts eine größere Gefahr drohte als vom Menschen. Er kannte Menschen nur aus einiger Entfernung. Menschen gingen aufrecht. Sie schienen groß, aber sie waren nicht kräftig. Sie konnten nicht einmal schnell genug laufen. Einmal hatte er zugesehen, wie einige von ihnen vor dem großen Feuer davonlaufen wollten, das durch den Wald raste. Das Feuer holte sie ein, weil sie nicht schnell genug laufen konnten, weniger schnell als die Kaninchen und die Rehe und Hirsche. Nicht einmal so schnell wie ein Vielfraß. Und das war nicht besonders schnell.
Manchmal konnten sie klettern. Meistens aber nicht. Und sie hatten immer Angst. Das machte sie gefährlich. Sie töteten, weil sie Angst hatten. Sie töteten selten, weil sie Hunger hatten. Sie töteten, weil sie Angst hatten, und manchmal töteten sie, weil sie Lust zum Töten hatten.

Der Grizzly kannte Menschen. Er hatte einige gesehen. Er hatte gelernt sich vor ihnen zu verstecken. Er hatte sogar gelernt wegzulaufen. Sein Bruder war einmal nicht weggelaufen. Sie hatten seinen Bruder getötet. Und sie hatten seine Mutter getötet. Irgendwann würden sie auch seinen Sohn töten, der im Tal des Big River zurückgeblieben war. Aus Angst. Oder weil sie Lust dazu hatten.
Der Grizzly kühlte seine Wunden im Bach. Er war durstig und er war hungrig. Außerdem war er müde.
Er trottete den Bach entlang.
Es war kurz bevor der Morgen graute.
Manchmal hörte er die beiden Menschen, die ihm folgten. Wenn er still stand und den Kopf in den Wind drehte, konnte er sie riechen. Es war dieser unangenehme Geruch, der ihm zugleich Angst einjagte und ihn wütend machte, solange er zurückdenken konnte. Und plötzlich war da noch ein anderer Geruch. Der Geruch von Rauch. Und Menschen. Der Grizzly blieb stehen. Er wusste nicht, wo er war. Er wusste auch nicht, wohin er hätte laufen können. Langsam richtete er sich auf. Er schaute sich um. Viel konnte er in der Dunkelheit nicht erkennen. Es schneite leicht. Bei einer Böschung stieg dünner Rauch auf. Dort waren Menschen. Der Grizzly sah keinen Ausweg. Die Wölfe, die ihm gefolgt waren, verhöhnten ihn. Die Menschen jagten ihn. Er brüllte und dann begann er zu laufen. Er lief über die Uferbänke, und was ihm in den Weg geriet, schlug er zur Seite. Er brüllte, während er lief, und er hielt nicht an, als er die Zeltplane sah, die an der Böschung aufgespannt war. Er stürzte darauf zu und riss sie nieder. Er hörte Menschen schreien. Er roch Blut. Er

wütete, wie er nie zuvor gewütet hatte. Er war wie von Sinnen.

Lange bevor der Tag graute, wachte Luke auf. Sie hatten die Nacht in einem kleinen Erdloch verbracht, das sie leicht mit Zweigen hatten abdecken und ausschlagen können. Trotzdem war es ein unbequemer Platz, zu eng und zu kalt. Luke war immer wieder aus einem unruhigen Halbschlaf erwacht. Irgendwann verließ sein Vater das Erdloch. Schneeklumpen fielen von den Zweigen auf Luke nieder. Er blieb noch eine Weile liegen, schlief noch einmal ein und wachte auf, als sein Vater ihn an der Schulter anstieß. Der flackernde Lichtschein eines Feuers sickerte durch das Geäst. Luke fror. Steif kletterte er aus dem Loch und kauerte beim Feuer nieder. Sein Vater gab ihm ein Stück vom geräucherten Lachs, den er im Rucksack hatte. Luke kaute lustlos darauf herum. Er hatte keinen Hunger.

»Ich bin gestern dem Grizzly fast bis zum Buck Creek gefolgt«, sagte sein Vater.

»Dann brauchen wir nicht zu warten, bis es hell wird.« Luke hielt die Hände übers Feuer. Allmählich drang die Wärme durch seine dicken Wintersachen. Sie redeten wenig an diesem Morgen. Luke dachte daran, dass sie überhaupt nie viel miteinander redeten. Und trotzdem verstanden sie sich. Das war gut so. Es gab genug Leute, die viel redeten und wenig sagten.

»Gut, dass du gestern nicht dort unten im Wald geblieben bist, Luke«, sagte sein Vater plötzlich. Luke war überrascht. Wenn er es sich genau überlegte, dann war er nur deshalb zurückgekommen, weil er sich Sorgen um seinen Vater gemacht hatte. Aber was wäre gewesen, wenn er die Schüsse nicht gehört hätte? Wäre sein Vater zu ihm zurückgekehrt? Luke bezweifelte es, denn er wusste, dass sein Vater nie eine angefangene Arbeit liegen ließ.

Nachdem Luke warm geworden war, löschten sie das Feuer. Für einen Moment war es stockdunkel. Luke spürte die Nähe seines Vaters. »Bleib dicht hinter mir, Luke«, hörte er ihn sagen. Allmählich gewöhnten sich seine Augen an die Dunkelheit. Sie gingen ostwärts. Nach knapp einer Stunde erreichten sie den Buck Creek. Es war noch immer dunkel. Nur im Osten, hoch über dem Tal und über schwarzen lang gezogenen Hügelrücken, zeigte ein fahler Schimmer den neuen Tag an.

Es war schon spät. Zu dieser Jahreszeit wurde es hier im Norden spät Tag und früh Nacht. Noch weiter nördlich, im Yukon-Territorium und in Alaska, wurde es überhaupt nicht mehr Tag.

Luke und sein Vater folgten dem Lauf des Buck Creek. Manchmal knipste Tom Prestridge die Taschenlampe an, um sich zu vergewissern, dass sie sich auf der Fährte des Grizzlys befanden. Sie war an einigen Stellen vom verwehten Schnee zugedeckt. Aber Lukes Vater konnte jede Winterfährte halten, die nicht älter war als ein paar Stunden.

Sie waren etwa zwei Stunden unterwegs und die Morgendämmerung kroch von den verschneiten Bergen in das Tal des Buck Creek hinein, als sie den Grizzly brüllen hörten. Luke hatte das Gefühl, als sträubten sich ihm die Haare im Nacken. Er wollte stehen bleiben, aber sein Vater drehte sich nach ihm um und packte ihn am Jackenärmel.

»Komm, Luke, er kann jetzt nicht mehr weit entfernt sein.«
Sie liefen hintereinander talwärts und plötzlich krachten peitschend Schüsse. Jemand schrie. Noch einmal krachten Schüsse. Dann war es eine Weile still. Tom Prestridge beschleunigte den Schritt. Luke hatte Mühe, dichtauf zu bleiben. Er sah, wie sein Vater im Lauf das Gewehr von der Schulter nahm. Er tat es ihm gleich. Vor ihnen fiel ein Abhang vom Wald her schräg zum Ufer des Baches ab. Er verdeckte ihnen die Sicht ins Tal, aber als sie um die nächste Krümmung des Baches herumkamen, sahen sie Dogrib-Joe, der im dünnen Eis einbrach, als er den Bach durchqueren wollte.

Und von einer unterhöhlten Böschung her wankte der schwachsinnige Bill. Sein Gesicht war blutig, der Mantel über seiner Brust aufgerissen. Er wankte zum Ufer des Baches und fiel in die Knie. Mit einer Hand packte er den Alten, der im Wasser lag und wild um sich schlug. Es gelang Bill mit Mühe, ihn auf die Uferbank zu ziehen.

Tom Prestridge und Luke blieben stehen. Ungläubig starrte Luke auf die beiden Männer, die am Ufer des Baches knieten. Dogrib-Joe kam irgendwie auf die Beine. So als wäre er verrückt geworden, schwang er seinen alten Winchester-Karabiner wie eine Keule und schleuderte ihn von sich. Die Waffe flog, sich wie ein Kreisel drehend, über den Bach und schlug gegen Felsen, die auf der anderen Seite aufragten.

»Wo ist der Bär?«, hörte Luke seinen Vater rufen. Erst jetzt wurde Dogrib-Joe auf sie aufmerksam. Er zeigte zu den Felsen hinüber und schrie, dass der Grizzly Jim erwischt hätte.

Tom Prestridge reagierte sofort. Ohne sich um Luke zu kümmern lief er zum Bach hinunter und durchquerte ihn. Luke rannte hinterher. Er versuchte den Bach von Stein zu Stein springend zu überqueren, rutschte aber aus und stürzte. Irgendwie gelang es ihm, das Gewehr so zu halten, dass es nicht nass wurde. Er rappelte sich auf, kroch an der gefrorenen Uferbank hoch und jagte durch eine schmale Senke auf die Felsen zu, zwischen denen sein Vater verschwunden war. Es war jetzt hell genug, dass er die Spur halten konnte, denn es war eine grässliche Blutspur.

Nach etwa zweihundert Metern sah er plötzlich seinen Vater zwischen den Felsen stehen. Er hatte die Schultern gesenkt. Die Mündung seines Gewehres zeigte zu Boden. Vor ihm, in einem kahlen Gestrüpp, lag etwas, was Luke aus der Entfernung zuerst für ein Tier hielt. Nach Atem ringend, das Gewehr schussbereit in den Händen, näherte sich Luke dem Gestrüpp. Als er noch etwa zwanzig Schritte entfernt war, drehte sich sein Vater um.

»Bleib weg von hier, Luke«, sagte er mit herausgepresstem Atem. »Das ist nichts für dich.«

Luke blieb stehen. Er konnte jetzt, im heller werdenden Tageslicht, erkennen, dass der Körper im Dickicht kein Tier war. Luke spürte, wie sich ihm die Kehle zusammenschnürte. Zögernd ging er auf seinen Vater zu. Tom Prestridge kam ihm entgegen, legte ihm den Arm um die Schulter und drehte ihn in die Richtung, aus der sie gekommen waren.

»Er ist tot«, sagte er düster. »Der Grizzly hat ihn übel zugerichtet.«

Luke drückte den Kopf gegen die Brust seines Vaters und

sie gingen langsam zurück. Auf halbem Weg zum Bach begegneten sie Dogrib-Joe und Bill. Ein Blick aus den dunklen Augen des Alten streifte Tom Prestridge. Dogrib-Joe blieb keuchend stehen. In seinen Augen war blanker Hass. Für einen Moment schien es, als ob er etwas sagen wollte, aber dann hastete er weiter. Wenig später konnten sie ihn in seiner Verzweiflung schreien hören.

Die Warnung

Es war fast Mittag, als der Helikopter hinter den Baumwipfeln auftauchte. Hinter dem großen gebogenen Kabinenfenster konnte Luke das gerötete Gesicht von Reverend Lyman sehen, der sich vorbeugte und aufgeregt zu ihnen herunterzeigte. Der Helikopterpilot war Oberleutnant Vince Edwards von der R.C.M.P. und an der offenen Seitentür stand Tom Prestridge, der ins Tal gelaufen war und von der Beobachtungsstation auf dem Signal Peak über Funk Hilfe herbeigeholt hatte.

Luke verließ die schützende Uferböschung und zeigte auf einen freien Platz, wo der Hubschrauber landen konnte. Die Rotorblätter wirbelten Wolken von Schnee auf, als er niederging und schließlich aufsetzte.

Außer Reverend Lyman waren noch zwei Männer im Helikopter, die beide ihre Jagdausrüstung bei sich hatten. Der eine war James Carter, ein Vormann im Sägewerk, und der andere George Bent, der für den B.C. Forest Service, die Waldaufsichtsbehörde von Britisch-Kolumbien, arbeitete. Zur Überraschung von Luke half Reverend Lyman zuletzt Jennifers Mutter aus dem Helikopter. Sie war ein bisschen verlegen, als Luke sie verwundert anblickte.

»Ich habe mir Sorgen gemacht«, sagte sie schnell und kam mit einer Thermosflasche auf ihn zu. »Hier, da ist heißer Tee drin.«

»Oh, wie siehst du durchfroren aus, Junge«, sagte Reverend Lyman. Sein Gesicht war von der Aufregung noch mehr gerötet als sonst. Er drehte sich Tom Prestridge zu. »Das muss eine schlimme Nacht gewesen sein. Wissen Sie, Tom, ich kann es einfach nicht verstehen, warum vernünftige Menschen ihr Leben aufs Spiel setzen, nur um hier draußen einen Elch zu schießen. Das hätten Sie doch auch im Tal tun können.«

»Ich bin ein Jäger, Lyman«, sagte Lukes Vater ruhig. »Ich bin nicht gern der Elch.«

Der Reverend blickte Tom Prestridge an, als zweifle er an dessen Verstand.

»Was Mr Prestridge meint, Reverend, ist eigentlich einfach«, erklärte Vince Edwards. »Im Tal, da machen Leute die Gegend unsicher, die sich für Jäger halten und keine sind. Und solchen gelingt es leicht, einen Menschen im Wald mit einem Elch zu verwechseln.«

George Bent, ein hagerer Mann, dessen Augen in tiefen Höhlen lagen und der immer aussah, als wäre er am Verhungern, grinste und sagte dabei salbungsvoll: »Leute, die von anderen denken, sie wären Elche, sind meistens selber welche.«

Niemand lachte.

»Wo ist der Alte?«, fragte James Carter und blickte sich um. Tom Prestridge zeigte zur Böschung hinüber. Dort sah es aus, als hätten Berserker gewütet. Vom Wurzelstock hingen Planefetzen. Der Boden war aufgewühlt, der Windfang bei der Feuerstelle eingestürzt.

»Dort hat es angefangen«, sagte Tom Prestridge. Sie folgten ihm alle zur verwüsteten Lagerstelle. »Sie haben ge-

schlafen. Der Bär kam am Bachufer entlang. Er riss die Plane nieder und trampelte auf ihnen herum. Es war stockdunkel. Wahrscheinlich trat er in die Glut des Feuers. Das hat ihn vielleicht noch wütender gemacht. Er erwischte Jim und schleppte ihn weg vom Lager und durch den Bach auf die andere Seite. Dogrib erwischte einen abgebrochenen Ast. Er rannte hinterher und schleuderte ihm das Holzstück nach. Er traf. Der Grizzly ließ Jim fallen. Dort drüben bei den ersten Felsen. Dogrib hielt am Bachufer an und fragte ihn, ob er okay sei. Und Jim sagte, dass er okay sei. Wenigstens im Moment. Da lief Dogrib zurück zum Lager, um seinen Karabiner zu holen, den er im Durcheinander nicht hatte finden können. Plötzlich hörte er Jim schreien. Der Grizzly war zurückgekommen. Dogrib schoss in die Richtung des Grizzlys, der Jim mit sich schleifte. Dogrib traf ihn nicht. Er schleuderte ihm das leere Gewehr nach, aber der Grizzly war unterdessen zwischen den Felsen verschwunden. Er schleifte Jim mindestens zweihundert Meter weit weg und fraß ein Stück von ihm, bevor er endgültig von ihm abließ.«
Luke sah, wie Jennifers Mutter die Schultern hob und schauderte, als sein Vater erzählte, wie schlimm es Jim erwischt hatte. Reverend Lyman faltete die Hände und murmelte ein Gebet. Für einen Moment blickten alle betreten zu Boden. Dann fragte Oberleutnant Edwards noch einmal nach Dogrib-Joe und Luke führte sie dorthin, wo der Bär das zurückgelassen hatte, was von Jim übrig geblieben war. Der Alte kauerte dort am Boden. Er war ganz grau im Gesicht. Und als er die vielen Leute sah, die auf ihn zukamen, bleckte er seine gelben Stummelzähne.

Neben ihm hockte Bill am Boden. Er kaute auf einem Stück Fleisch herum und stierte trübsinnig vor sich hin. Er sah furchtbar aus. Der Bär hatte ihm mit den Krallen die Kopfhaut aufgerissen. Die linke Hälfte seines Gesichtes war blutverkrustet. Außerdem hatte er eine Wunde an der Schulter und am Oberschenkel.

Tom Prestridge blieb in einiger Entfernung von den beiden stehen. Der verstümmelte Leichnam von Jim lag noch immer dort, wo er vom Grizzly zurückgelassen worden war. Nur war er jetzt mit einem Stück der zerfetzten Zeltplane zugedeckt.

»Ich bin zum Signal Peak gegangen und habe über Funk Oberleutnant Edwards benachrichtigt«, sagte Tom Prestridge rau. »Damit alles seine Klarheit hat.«

Dogrib-Joe spuckte aus. »Alles hat seine Klarheit«, hörten sie ihn leise sagen. »Prestridge hat den Grizzly verletzt und die Bestie ist über uns hergefallen.«

Tom Prestridge nickte.

»Das stimmt«, sagte er.

»Und selbst wenn es stimmt, glaube ich nicht, dass man Mr Prestridge Vorwürfe machen kann, Joe«, sagte Oberleutnant Edwards bestimmt. »Im Gegenteil. Er ist dem verletzten Bären bei der ersten Gelegenheit nachgegangen. Und nach dem, was hier passiert ist, ging er fast zwanzig Kilometer zu Fuß, um Hilfe zu holen.«

»Hilfe?« Dogrib-Joe lachte gehässig auf. »Für Jim kommt jede Hilfe zu spät, Edwards. Wollt ihr sehen, was die Bestie mit ihm gemacht hat? Seid ihr deswegen alle hergekommen? Sie, Reverend? Und die Lady?« Er erhob sich, und bevor ihn jemand hindern konnte, riss er die Zeltplane vom Leichnam. Luke starrte ungläubig auf den verstümmelten Körper und er hörte, wie Jennifers Mutter neben ihm leise aufstöhnte.

»Hier!«, schrie der Alte heiser. »Das ist es, was von meinem Sohn übrig geblieben ist, und der Teufel soll mich holen, wenn ich dafür nicht den Mann verantwortlich machen kann, der einen Bären anschießt und ihn laufen lässt!« Er warf die zerfetzte Plane achtlos auf den Leichnam und drehte sich mit geballten Fäusten Tom Prestridge zu. »Wozu hast du all die Leute hergeholt? Damit sie dich von einer Schuld freisprechen?«

»Ich bin hergekommen, um Trost zu spenden«, sagte Reverend Lyman ruhig. »In Zeiten des Leides und der Not bin ich dazu da, Joe.«

Dogrib-Joe schüttelte den Kopf. »Ich brauche keinen Trost, verdammt!«, schrie er. »Das ist eine Sache zwischen Prestridge und mir, die so alt ist wie die Welt!«

»Damit haben wir nichts zu tun«, entgegnete Oberleutnant Edwards. »Wenn du willst, nehmen wir euch mit nach Cedar Creek. Du kannst Jim dort auf dem Friedhof beerdigen. Reverend Lyman wird alles vorbereiten und ...«

»Wir bringen Jim zurück zum Spirit Lake. Dort sind wir zu Hause, Edwards.« Die Stimme des Alten zitterte. »Das letzte Mal, als wir in Cedar Creek waren, hat man uns weggejagt. Glaubst du im Ernst, ich könnte ruhig schlafen, wenn ich Jim unter euch wüsste?«

»Ich habe mit dieser Reaktion gerechnet«, gab Oberleutnant Edwards kühl zurück. »Trotzdem will ich diese Gelegenheit nutzen, dich zu warnen. Wir haben gestern Abend Nachricht aus Seattle erhalten, dass erneut eine Reihe leichter Erdbeben registriert wurden. Das Zentrum liegt in unserer Gegend. Dieses Mal könnte der Berg ausbrechen, Joe, und so wie es die Fachleute ausgerechnet haben, würden der Spirit Lake und dein Tal von einem Strom glühender Lava zugedeckt werden.«

Dogrib-Joe schüttelte den Kopf. »Wie oft hat man schon versucht uns und die Chilcotin aus den Bergtälern zu locken, Edwards? Glaubst du im Ernst, dass ich ausgerechnet jetzt auf eure Tricks hereinfalle? Das Tal da oben ist mein Land. Die Bäume dort oben sind Bäume, die auf meinem Land stehen. Solange ich lebe, wird keine Straße gebaut und kein Baum gefällt. Solange ich lebe, bleibt alles, wie es ist!«

Bevor ihm Oberleutnant Edwards etwas darauf erwidern konnte, trat plötzlich Jennifers Mutter vor. »Sie kennen mich kaum und ich weiß nicht einmal Ihren richtigen Namen«, sagte sie mit fester Stimme. »Ich bin die Lehrerin in Cedar Creek und mein Mann, Don Fortier, ist vor einigen Jahren in einem Lastwagen des Sägewerks tödlich verunglückt. Es tut mir Leid, sie so verzweifelt zu sehen und in Trauer um Ihren Sohn, aber ich verstehe nicht, warum Sie die Warnung des Oberleutnants in den Wind schlagen wollen.«

»Weil ich die Tricks kenne, Ma'am«, knurrte Dogrib-Joe. »Seit Jahren versucht man uns von dort oben zu vertreiben. Glauben Sie nur nicht, dass ich nicht weiß, worum es geht. Fragen Sie Prestridge, Ma'am! Er weiß Bescheid. Er kennt mich.« Dogrib-Joe bleckte die Zähne. »Und ich kenne ihn.«

Jennifers Mutter schüttelte energisch den Kopf.

»Sie bringen sich und Ihre Familie in Gefahr. Wenn der Vulkan ausbricht, werden Sie keine Zeit mehr haben, sich in Sicherheit zu bringen.«

»Wenn der Vulkan ausbricht, geht die Welt unter, Ma'am«, entgegnete Dogrib-Joe. »Fragen Sie die Indianer am Taseko Lake. Seit sie dort leben, fürchten sie den Slocan Peak, in dem die Erdgeister wohnen.«

»Man wird die Indianer am Taseko Lake wahrscheinlich evakuieren, Joe«, wandte Oberleutnant Edwards ein. »Es sind darüber Gespräche im Gange. Man beobachtet den Berg. Die Experten haben in Williams Lake ein Hauptquartier eingerichtet. Man ist sicher, dass sich genau unter uns, tief im Innern der Erde, in diesem Moment einiges tut.«

»Ihr kriegt die Indianer genauso wenig weg, wie ihr mich wegkriegt«, stieß Dogrib-Joe voll Grimm hervor. »Sag es ihnen, Prestridge! Sag ihnen, dass wir uns nicht vertreiben lassen. Schon gar nicht durch Drohungen!«

»Das war keine Drohung«, wandte Oberleutnant Edwards kühl ein. »Das war eine Warnung.« Er drehte sich auf dem Absatz um und nahm Jennifers Mutter beim Arm. »Kommen Sie, ich glaube nicht, dass wir hier noch gebraucht werden.«

»Ich kann für ihn beten«, sagte Reverend Lyman und deutete mit einer Kopfbewegung auf den Leichnam unter der Plane.

»Den Teufel werden Sie!«, knurrte Dogrib-Joe und er kam drohend auf Reverend Lyman zu. »Ich bringe Jim zurück ins Tal der Toten, ich brauche keinen Pfaffen, der mir dazu den Segen gibt! Verschwindet von hier und ...«

»Reverend Lyman ist hierher gekommen, um Ihnen in Ihrer Not beizustehen!«, fiel ihm Jennifers Mutter scharf ins Wort. »Ihre Beschimpfungen sind fehl am Platz. Von uns hat niemand Schuld an dem, was hier passiert ist.«
Dogrib-Joe spuckte aus. Mit einer Kopfbewegung deutete er auf James Carter und George Bent. »Was ist mit euch? Wollt ihr ihm die Arbeit abnehmen?«
»Ein verletzter Grizzly ist jedermanns Verantwortung«, sagte George Bent ruhig. »Wir nehmen seine Fährte auf und vielleicht gelingt es uns, ihn zu erlegen, bevor er noch mehr Unheil anrichtet. Wir sind für eine längere Jagd vorbereitet. Tom ist es nicht.«
Dogrib-Joe musterte die beiden Männer aus Cedar Creek geringschätzig. »Wenn die Chilcotin merken, dass ihr hinter einem Grizzly her seid, gibt es Ärger.«
»Wir versuchen ihn abzuschießen, bevor er den Taseko Lake erreicht hat.«
Dogrib-Joe hob die Brauen. »Viel Glück«, sagte er spöttisch und zeigte über die Talhänge hinweg nach Norden, wo sich über mächtigen Bergzacken schwarze Wolken ballten. »An eurer Stelle würde ich mir weniger Sorgen um den Slocan Peak machen als um diese Wolken dort.«
»Es könnte Schnee geben«, sagte James Carter. »Wir sind dafür ausgerüstet.«
Dogrib-Joe verkniff das Gesicht. Es war ihm anzusehen, dass er den beiden Männern nicht viel zutraute. Er wandte sich noch einmal an Tom Prestridge. »Es ist dein Bär! Ich erwarte dich dort, wo die Fährte endet.«
Luke blickte seinen Vater von der Seite an. In dessen Gesicht rührte sich kein Muskel. Die beiden Männer starrten

sich einige Sekunden lang an und Luke fröstelte bei dem Gedanken, dass sie sich irgendwo da draußen in der Bergwildnis noch einmal begegnen würden. Und so, als hätte Dogrib-Joe seine Gedanken erraten, sagte er mit rauer Stimme: »Und lass deinen Sohn besser zu Hause, Prestridge!«

Tom Prestridge gab ihm keine Antwort. Da drehte sich Dogrib-Joe um, kauerte bei seinem toten Sohn nieder und begann die Plane um den verstümmelten Leichnam zu wickeln. Er kümmerte sich nicht mehr um die Leute aus dem Tal und auch nicht um Bill, der noch am Boden hockte und keinen Laut von sich gab.

Tom Prestridge nahm Jennifers Mutter am Arm und führte sie über den Bach zurück zur Stelle, wo der Helikopter stand. »Er will keine Hilfe«, sagte er zu Oberleutnant Edwards, der eine Schreibmappe hervorholte und ein paar Notizen über das Geschehen machte.

James Carter und George Bent holten ihre Rucksäcke aus dem Helikopter. Beide kannten sich in diesem Gebiet aus. Carter sagte, dass sie der Fährte bis zum Hackberry Creek folgen würden. »Übermorgen Mittag sind wir am Windy Point des Taseko Lake. Du kannst uns dort abholen, Vince. Punkt zwölf. Denk daran, wir haben nur Proviant für drei Tage. Notfalls vier.«

»Und wenn daraus tatsächlich ein Schneesturm wird?«, fragte Jennifers Mutter und blickte besorgt in die Ferne, wo der Himmel fast schwarz war.

»Wir schlagen uns auf jeden Fall bis zum Windy Point durch«, sagte George Bent. »Es gibt dort eine Hütte, in der wir notdürfig Unterschlupf finden können.«

Die beiden Männer machten sich sofort auf den Weg. Tom Prestridge hätte sie gern begleitet, aber Oberleutnant Edwards überredete ihn, zuerst den Kleinlaster ins Tal zu fahren. Morgen wollte er mit ihm die ganze Gegend überfliegen und vielleicht gelang es ihnen, den Grizzly aus der Luft zu entdecken, falls Carter und Bent ihn bis dahin nicht eingeholt hatten.

Am nächsten Tag schneite es. Oberleutnant Edwards flog mit Tom und Luke Prestridge von Cedar Creek aus kreuz und quer bis zum Taseko Lake zurück. Am Hackberry Creek entdeckten sie im dichten Schneetreiben einige Gestalten, die eine baumlose Ebene überquerten. Oberleutnant Edwards ging mit dem Helikopter tiefer, bis sie erkennen konnten, dass es sich bei den Leuten um einige Indianer mit zwei Hundeschlitten handelte. Luke spähte durch ein Fernglas hinunter und er konnte deutlich Dogrib-Joe erkennen. Er saß auf dem hinteren Schlitten und blickte zu ihnen hoch. Dann schrie er etwas, entriss einem der Indianer, die neben dem Schlitten herliefen, ein Gewehr, richtete es auf den Helikopter und feuerte. In der Kabine war der Knall des Schusses nicht zu hören, aber Luke konnte das Mündungsfeuer sehen und wie die Hunde scheuten.
Oberleutnant Edwards zerbiss einen Fluch zwischen den Zähnen und zog den Helikopter hoch. »Dieser alte Schuft hat vor nichts Respekt«, stieß er wütend hervor. »Der hat den Teufel im Leib, sag ich, und an deiner Stelle würde ich verdammt vorsichtig sein ihm noch einmal in die Quere zu kommen.«

»Ich laufe ihm nicht nach«, entgegnete Tom Prestridge knapp.
»Er hat gesagt, dass er am Ende der Fährte auf dich wartet, Tom.«
Tom Prestridge sagte nichts darauf. Minuten verstrichen. Dann drehte Oberleutnant Edwards den Kopf. »Es ist eine Sache von früher, nicht?«, sagte er. »Du weißt ja, dass die Leute im Dorf reden.«
»Ich kann sie nicht daran hindern.«
»Was war früher?«
Tom Prestridge gab keine Antwort. Er blickte durch das gebogene Kabinenglas hinunter. Es schneite immer dichter. Trotzdem konnte er die Vertiefung erkennen, durch die der Hackberry Creek floss. Links und rechts dehnten sich tiefe Wälder aus, in denen ein Grizzly aus der Luft niemals entdeckt werden konnte. Sie flogen bis zum Windy Point, einer Landnase, die in den Taseko Lake hinausragte. Der See war noch nicht zugefroren, aber von den Rändern her bildete sich bereits eine dünne Eisschicht. Die kleine Trapperhütte am Ufer des Sees war unbewohnt. Als sie mit dem Helikopter tiefer gingen, schreckten sie einige Elche auf, die sofort in den Wald flüchteten.
»Glaubst du, dass George und James eine Chance haben, den Grizzly einzuholen?«, fragte Edwards und blickte Tom Prestridge von der Seite an.
»Das kommt darauf an, wie schlimm er verletzt ist.«
»Du musst ja wissen, wie schlimm er verletzt ist, Tom.«
»Es war nahezu dunkel, als ich auf ihn schoss.«
»Hm. Ehrlich gesagt, ich kann nicht verstehen, wie du dazu

kommst, im Halbdunkel einen Schuss auf einen Grizzly abzugeben.«

»Er war dabei, sich an mein Beuteversteck heranzumachen.«

»Aber es war nahezu dunkel, zum Teufel!«

»Ich traf ihn. Ich traf ihn zweimal und ich dachte, er würde sich mir zudrehen. Du weißt selbst, wie sie sich immer in die Richtung drehen, aus der die Kugeln kommen. Weil sie denken, sie können mit ihrem Gegner fertig werden. So als könnten sie die Kugeln zur Seite schlagen. Aber der Grizzly dreht mir den Hintern zu und rannte davon.«

Oberleutnant Edwards fing über Funk eine Wettermeldung auf. Eine arktische Front näherte sich dem Gebiet. Die Temperaturen im Norden waren in den letzten zwei Stunden über zwanzig Grad gesunken. In den Bergen tobte ein gewaltiger Schneesturm. Und die Straße nach Bella Coola war zwischen Redstone und Tatla Lake nicht mehr passierbar.

Sie flogen jetzt über die Anhöhe zwischen dem Hackberry und dem Buck Creek. Luke, der mit dem Fernglas die Gegend absuchte, entdeckte zwei Gestalten, die sich einen Hügelrücken entlangbewegten. Er machte den Oberleutnant auf sie aufmerksam. Edwards flog den Helikopter tiefer. Die beiden Männer winkten zu ihnen herauf. Sie schienen beide wohlauf zu sein. Edwards setzte den Helikopter auf einem Erdbuckel auf, von dem der Wind den Schnee weggefegt hatte.

James Carter und George Bent hatten bis jetzt den Grizzly noch nicht zu Gesicht bekommen. Es war schwierig, im Schneegestöber die Fährte zu halten. Nur wenn der Grizzly sich im Wald aufhielt, hinterließ er deutlich Spuren.

»Er hat irgendwo diesen Hügelrücken überquert«, erklärte George Bent. In seinen drahtigen Augenbrauen hatten sich Eiskristalle gebildet. Er zeigte hinunter ins Tal. »Der Wind verweht seine Fährte, aber er muss sich zurzeit dort unten im Wald aufhalten.«

»Seine Wunden bluten und er wird schwächer«, sagte James Carter. »Trotzdem kommt er noch schneller voran als wir. In der Nacht hörten wir ihn. Und am Morgen fanden wir einen Platz, wo er sich ausgeruht hat. Ich glaube nicht, dass wir ihn bis morgen Mittag erwischen, Tom.«

»Dann mache ich mich morgen früh auf die Fährte«, sagte Tom Prestridge bestimmt.

»Der Alte bringt dich um, wenn er eine Gelegenheit dazu kriegt, Tom. Das ist dir hoffentlich klar.«

»Das ist seine Sache.«

»Sicher.« Bent hob die Schultern. »Ihr kennt euch ja.«

Tom Prestridge sagte nichts darauf. Er blickte in das Tal hinunter. Der Wald war schon tief verschneit. Irgendwo dort unten befand sich der Grizzly. Vielleicht ruhte er in diesem Moment. Vielleicht fraß er die Rinde von einem Baum.

»Also gut, denk daran, Vince, wir sind morgen Mittag bei der Hütte am Windy Point. Wenn du uns einen Gefallen tun willst, bring eine Flasche Whisky mit.«

»Das wäre gegen die Dienstvorschriften.«

»Zum Teufel mit deinen Dienstvorschriften. Weiß man was Neues über den Berg?«

»Keine neuen Beben, wenn du das meinst. Die Erde ist still. Aber im Radio kam heute Morgen, dass das nicht unbedingt ein gutes Zeichen ist. So was kann die Ruhe vor dem Sturm bedeuten.«

Die Männer blickten alle in die Richtung, in der sich der Slocan Peak befand. Er war nicht zu sehen. »Wenn ich zurück bin, pack ich mein Zeug zusammen und fahr die Familie nach Williams Lake, bis die Gefahr vorbei ist«, sagte George Bent. »Das ist sicherer.«

»Man denkt sogar daran, die Sägemühle vorübergehend zu schließen«, sagte James Carter. »Dann gehen wir auch weg und Cedar Creek wird zu einer Geisterstadt.«

»Und wir werden zum Gespött der Nation, wenn der Vulkan nicht ausbricht«, lachte George Bent. »Nun ja, wir machen uns lieber auf die Socken.«

»Passt auf. Ich habe schlechte Wettervorhersagen durchgekriegt«, rief Vince Edwards den beiden Männern nach, die sich daranmachten den Hang hinunterzugehen.

George Bent drehte sich noch einmal um und hob die Hand zum Zeichen, dass er verstanden hatte. Kurze Zeit später waren die beiden Männer im Schneegestöber verschwunden.

Auf dem Rückflug holten Vince Edwards und Tom Prestridge die restlichen Stücke des Elchs vom Baum. Tom zeigte dem Oberleutnant, von wo aus er auf den Grizzly geschossen hatte, und Edwards musste zugeben, dass selbst bei schlechten Sichtverhältnissen kaum ein Fehlschuss möglich gewesen wäre. Nicht bei einem geübten Schützen, der auch beim Anblick eines ausgewachsenen Grizzlys nicht in Panik geriet, wie das bei einem Sonntagsjäger leicht der Fall sein konnte.

»Hast du eine Erklärung dafür, dass er die Flucht ergriff, nachdem du ihn getroffen hast, Tom?«

Tom Prestridge schüttelte den Kopf. »Er ist neu in der Gegend«, sagte er. »Vielleicht ist das der Grund. Vielleicht ist er schon einmal angeschossen worden. Ich weiß es nicht.«

Sie flogen am Spätnachmittag zurück nach Cedar Creek. Es war dunkel, als Oberleutnant Edwards den Helikopter auf dem Platz hinter dem Blockhaus der R.C.M.P. absetzte. Ein eisiger Sturm fegte von Norden her durch die kleine Ansiedlung und riss den Rauch von den Kaminen der Häuser.

Es gab nur eine Straße in Cedar Creek. Sie führte von Redstone her an der Sägemühle vorbei und endete bei der R.C.M.P.-Station, die in einem Blockhaus untergebracht war. Von dort gab es nur noch eine holperige Holzfällerstraße, die sich irgendwo im Hinterland verzweigte.

Früher, so wussten es die noch lebenden Oldtimer von jenen Oldtimern, die schon lange tot waren, hatte die Hudson Bay Company hier einen Handelsposten unterhalten. Cedar Creek Post, eine entlegene Station, die hauptsächlich von den in dieser Gegend lebenden Chilcotin-Indianern besucht wurde, manchmal auch von Sekani- und Carrier-Stämmen, die weiter im Norden lebten.

Tom Prestridge erinnerte sich, dass dort, wo jetzt die Sägemühle stand, früher die Überreste eines Palisadenzaunes aus dem Gestrüpp und dem Unkraut geragt hatten.

Jetzt stand die Sägemühle in der Senke, ein riesiges, stinkendes Ungeheuer, das über zweihundert Männer beschäftigte und dem Cedar Creek seine Existenz verdankte. Selbst die Chilcotin-Indianer am Taseko Lake waren seit Jahren auf die kleine Ansiedlung mit ihrem Kaufladen, der kleinen Krankenstation, der Kirche und der Verbindung zur Außenwelt durch Post und Telefon angewiesen.

Ein paar Neugierige wagten sich aus ihren Häusern und eilten im Sturmwind zum Platz, wo der Helikopter gelandet war. George Bents Frau erkundigte sich nach ihrem Mann. Oberleutnant Edwards sagte ihr, dass beide wohlauf seien, Carter und ihr Mann. Und dass er sie morgen Mittag bei der alten Trapperhütte am Windy Point abholen würde. »Kein Grund zur Besorgnis, Ma'am. Morgen haben Sie Ihren Mann wohlbehalten wieder.«

»Ihr Wort in Gottes Ohr«, sagte die Frau und eilte ins warme Haus zurück.

Korporal Thompson, der im Blockhaus auf die Rückkehr seines Vorgesetzten gewartet hatte, half Tom Prestridge beim Ausladen der Elchstücke. »Ich hoffe, dass ich vor Weihnachten auch noch dazu komme, meinen Elch zu schießen«, sagte der junge Mann, der aus Toronto kam und zum ersten Mal so weit draußen im Hinterland Dienst tat. »Vielleicht springt mir hier in der Nähe noch einer vor die Mündung.«

»Wir haben am Taseko Lake ein paar aufgescheucht«, sagte Tom Prestridge, aber Thompson schüttelte den Kopf und meinte, dass er es niemals wagen würde, sich weiter von Cedar Creek zu entfernen als bis zum Ende der Holzfällerstraße.

Luke, der nach Hause gelaufen war, kam mit dem Laster zurück. Die alte Karre hatte nur noch einen Scheinwerfer und Luke keinen Führerschein. Aber darum kümmerte sich hier draußen niemand. Nicht einmal die Polizei.

Reverend Lyman tauchte im Schneegestöber auf. Er hatte den Kopf tief in den Pelzkragen seines langen schwarzen Mantels gezogen. Außerdem trug er eine Skimütze.

»Ich nehme nicht an, dass man inzwischen die Bestie niedergestreckt hat«, sagte er sofort. »Ihrem griesgrämigen Gesicht nach, Oberleutnant, ist die Suche ergebnislos verlaufen.«

»Ein Grizzly, der sich im Wald aufhält, kann unmöglich vom Helikopter aus gesichtet werden, Hochwürden«, murrte Oberleutnant Edwards.

»Nun, vielleicht verendet er in diesem schrecklichen Schneesturm ohne unser Zutun.«

»Ihr Gottvertrauen müsste man haben, Reverend«, sagte McBain, der Besitzer des Ladens. »Grizzlys haben einen dicken Pelz und können einiges vertragen. Tom ist der beste Schütze, den ich kenne, und trotzdem hat er ihn nicht erledigen können. Ein Grizzly steckt Kugeln weg, als wären sie aus Styropor.« McBain wandte sich an Tom Prestridge. »Du machst hoffentlich Jagd auf ihn, falls ihn James und George nicht erwischen, Tom?«

»Einfach wird das für niemand«, sagte Tom Prestridge ruhig. »Wir haben es offenbar mit einem erfahrenen Bären zu tun. Seine Fährte führt zum Hackberry Creek und von dort vielleicht zum Taseko Lake hoch. Er ist neu in der Gegend. Es könnte gut sein, dass er sich in die Bergtäler zurückzieht.«

»Ins Tal der Toten«, sagte Korporal Thompson schnell. »Teufel noch mal, dorthin würde ihm wohl niemand folgen und so wäre er für den Rest des Winters in Sicherheit.«

»Es sei denn, die Geister würden ihn vertreiben«, schmunzelte Reverend Lyman.
»Wer nicht glaubt, dass dort Geister sind, soll mal hingehen«, schnaufte McBain. »Vor drei Jahren, da war ich mal in der Nähe. Zusammen mit meinem Bruder Paul und unserem Schwager Lee. Jeder von uns hatte ein Gewehr. Eigentlich wollten wir die Nacht am Hackberry Creek verbringen, aber dann schlug Paul vor, doch mal herauszufinden, was es mit den Geistern so auf sich hatte. Wir lagerten in der Nähe des Tales. Auf einem Hügel. Wir konnten nicht einschlafen. Ganz deutlich hörten wir die Stimmen, die aus dem Tal kamen. Lautes Gejammer. So als würde jemand ganz langsam zu Tode gequält. Paul sagte, dass er es ganz genau wissen wolle. Er und Lee gingen hinunter. Ich muss zugeben, dass ich den Mut nicht aufbrachte, sie zu begleiten. Sie kamen erst im Morgengrauen wieder. Paul war über einen Abhang hinuntergestürzt und er hatte sich den linken Arm gebrochen und einen Fuß verstaucht. Er schwört heute noch, dass ihn jemand gestoßen hat, aber Lee hat niemand gesehen. Nur Lichter im Tal. Wie Irrlichter in einem Sumpf. Und als er zurückkam, hatte er rote Flecken im Gesicht. Ihr wisst ja, dass er ein halbes Jahr später an Fleckfieber starb.«
»Zufall«, sagte Reverend Lyman. »Mein Freund, Sie wollen mir doch nicht weismachen, dass es dort tatsächlich so etwas wie Gespenster gibt.«
»Tut mir Leid, Hochwürden, aber ich bin sicher, dass dort nicht alles mit rechten Dingen zugeht. Ich bin ein gottesfürchtiger Mann und ein Christ, aber nach dem, was ich in

dieser Nacht erlebt habe, weiß ich, dass dort vielleicht der Leibhaftige umgeht.«

»Was sagen Sie dazu, Tom?«

»Was soll ich dazu sagen, Hochwürden.« Tom Prestridge hob die Schultern. »Ich respektiere das Gesetz der Chilcotin-Indianer, die es jedem Fremden verbieten, das Tal der Toten zu betreten. Es ist ihr Tal, Hochwürden. Sie begraben ihre Leute dort.«

»Dann glauben Sie auch an Geister?«, spottete der Reverend.

»Ich glaube daran, dass jedes Lebewesen eine Seele hat, Hochwürden. Und wenn ein Lebewesen stirbt, wo bleibt dann die Seele? Im Himmel? In der Hölle? Oder hier, wo wir sind? Für die Chilcotin-Indianer sind ruhelose Seelen Geister. Nicht nur von Menschen. Geister von Bären. Geister von Kaninchen, von Raubvögeln und anderen Tieren. Und dann sind da noch die Erdgeister, die im Slocan Peak wohnen.«

»Mumpitz!«, lachte Reverend Lyman auf. »Diese ganze Geisterei ist reiner Mumpitz. Diese Leute sind Heiden. Sie üben heidnische Bräuche und machen allerlei Hokuspokus. So was ist doch in unserer Zeit nicht mehr ernst zu nehmen. Diese Leute sind nur zu retten, wenn sie das Wort Gottes vernehmen.«

»Das wurde ihnen schon mehrmals verkündet, Hochwürden«, sagte Oberleutnant Edwards. »Seither besaufen sie sich. Seither streiten sie sich. Seither geht es ihnen ziemlich dreckig.«

»Weil sie sich von Gott abgewandt haben!«

»Das ist möglich. Ich weiß es nicht.« Oberleutnant Edwards hörte das Telefon klingeln. Er verschwand im Blockhaus. Unterdessen luden Luke und sein Vater die Elchstücke auf den Wagen. Reverend Lyman hauchte in seine kalten Hände. Der Wind zerrte an seinem Mantel.

»Sie würden mich im Sommer nicht einmal dorthin begleiten, Tom?«, fragte er plötzlich.

Tom Prestridge hob den Kopf. »Wohin?«

»Nun, in dieses ominöse Tal. Je mehr ich davon höre, desto mehr treibt es mich dorthin. Ich möchte diesen Heiden gern beweisen, dass ihre Geister Reißaus nehmen, wenn ich in ihre Nähe komme.«

»Das ist ein Trip, den Sie ohne mich machen müssen, Hochwürden«, sagte Tom Prestridge ernst. »Komm, Luke, wir fahren nach Hause.«

Sie stiegen in die Kabine des alten Ford. Auf Lukes Seite war keine Fensterscheibe mehr. Der Wind wehte Schnee in die Kabine. Der zerrissene Sitz war eiskalt, die Windschutzscheibe mit Eisblumen überzogen.

Als Tom Prestridge nach dem Zündschlüssel griff, kam Oberleutnant Edwards aus dem Blockhaus gelaufen.

»Man schickt von Williams Lake aus ein halbes Dutzend Armeelastwagen hierher, um die Leute zu evakuieren, die Cedar Creek verlassen wollen, Tom. Allem Anschein nach wird es ernst. Aus den USA sind Experten unterwegs nach Williams Lake. Oben im Katmai-Gebiet von Alaska ist heute Nachmittag ein neuer Vulkan ausgebrochen. In Anchorage, Valdez und in anderen Küstenstädten Südalaskas herrscht seit heute Abend Alarmstufe eins. Man erinnert sich dort noch zu gut an das Erdbeben von 1964 und die Zerstörungen, die es angerichtet hat. In

Valdez sind damals viele Menschen ums Leben gekommen.«
»Und wer garantiert, dass wir in Williams Lake sicher sind?«, fragte Tom Prestridge ruhig.
»Niemand. Aber Williams Lake ist weit genug weg vom Berg. Hier könnte es sein, dass wir direkt vom Ausbruch betroffen würden. Außerdem liegt eine Notiz auf meinem Schreibtisch, dass der Betrieb in der Sägemühle vorläufig eingestellt wird. Alle Holzfällerlager im Gebiet werden bis auf weiteres dichtgemacht.«
Tom Prestridge betätigte den Anlasser. Nach einer Weile sprang der Achtzylinder an.
»Was ist?«, fragte Oberleutnant Edwards durch das offene Fenster. »Bringst du Luke nach Williams Lake?«
Tom Prestridge schüttelte den Kopf. »Wenn der Sturm nachlässt, suche ich den Grizzly, Vince. Und ich denke, dass Luke sich nicht davon abhalten lassen wird, mit mir zu kommen.«
»Das habe ich mir gedacht!« Edwards blickte Luke kurz an. »Ihr könnt mitfliegen, wenn ich morgen James und George raushole. Ich setze euch ab, wo immer ihr wollt.«
»Bis morgen«, sagte Tom Prestridge und gab sachte Gas. Die Räder drehten durch, aber der alte Klapperkasten setzte sich trotzdem schlingernd in Bewegung und schnorchelte die Straße hinauf durch die Stadt.
Luke kratzte fortwährend Eis von der Windschutzscheibe, damit sich sein Vater wenigstens einigermaßen orientieren konnte und nicht gegen die Vorbauten der alten Holzhäuser fuhr. Er hatte natürlich immer gewusst, dass sein Vater Jagd auf den Grizzly machen würde. Aber dass er ihn mit-

nehmen würde, das hatte er nicht erwartet. Nicht, nachdem ihn Dogrib-Joe sozusagen gewarnt hatte. Luke war innerlich ganz aufgeregt. Äußerlich aber ließ er sich nichts anmerken.

Daheim brannte Licht. Und als sie vor dem Haus anhielten, kam Jennifers Mutter auf die Veranda. Offenbar hatte sie hier auf die Rückkehr der beiden gewartet. Sie trug einen Wollmantel und eine dicke Pelzmütze. Sie hielt Jennifer an der Hand.

»Habt ihr schon gehört? Morgen werden wir alle nach Williams Lake fahren«, sagte sie.

Luke stieg aus. Er wuchtete ein Stück des Elches auf seine Schultern und trug es keuchend in den kleinen Bretterverschlag, der an das Wohnhaus angebaut war. Dort hängte er das Fleisch an einen dafür vorgesehenen Haken. Als er wieder ins Freie trat, standen sich sein Vater und Jennifers Mutter auf der Veranda gegenüber. »Lass uns heute Abend darüber reden«, hörte Luke seinen Vater sagen, und so wie es klang, konnte es zwischen ihm und Jennifers Mutter an diesem Abend zur ersten ernsthaften Auseinandersetzung kommen.

Im Blizzard unterwegs

Den ganzen Abend wurden im Radio Warnmeldungen durchgegeben. Luke versuchte sich vorzustellen, wie es sein würde, wenn der Berg sich tatsächlich in einen Feuer speienden Vulkan verwandelte. Der Berg war der alte Slocan Peak. Das letzte Mal hatte Luke ihn vor einigen Wochen gesehen, und zwar an einem herrlichen, klaren Herbsttag, kurz nachdem im Gebirge der erste Schnee gefallen war. Der Slocan Peak ragte über den dunklen Wäldern südöstlich von Cedar Creek auf, etwa dreißig Kilometer entfernt. Er war dem riesigen Gebirgsmassiv der Coast Range etwas vorgelagert, und solange sich Luke zurückerinnern konnte, war ihm dieser Berg nie ganz geheuer gewesen. Das lag daran, dass sich die Leute in Cedar Creek immer wieder Geschichten von merkwürdigen Begebenheiten erzählten, die entweder mit dem Slocan Peak oder seiner unmittelbaren Umgebung zu tun hatten. Seltsame Geschichten. Gruselige Geschichten von Menschen, die dort in diesen finsteren Tälern einfach verschwunden waren, von einem Leichnam, der eines Frühlings in einem Schmelzwassertümpel aufgetaucht war, halb in einer Eisscholle festgefroren, und von einem Wasserflugzeug, das seit zehn Jahren verschollen war. Spurlos verschwunden. Die meisten Geschichten kamen von den Chilcotin-Indianern, die am Taseko Lake wohnten, und oft spöttelten die Leute in Cedar Creek darüber. Niemand mochte so recht an die Erdgeister glauben, die im Berg hausen sollten, und niemand rechnete ernstlich damit, dass dieser alte Vulkan, der eigentlich überhaupt nicht wie ein Vulkan aussah, sondern vielmehr wie ein gewöhnlicher Berg, eines Tages tatsächlich ausbrechen und Tod und Verderben ausspucken würde. Aber jetzt war es so weit. Die Leute fingen an sich zu fürchten, auch wenn viele es nicht zugeben wollten. Letzte Woche hatte zum ersten Mal die Erde gebebt. Luke war davon aufgewacht. Und er hatte das leise Grollen gehört, das von überall und nirgendwo kam. Donnergrollen. Das Bild mit Jesus und den Schäfchen war von der Wand gefallen und seither hatte der Jesus einen Riss am Kinn und sein Gesicht war derart verschoben, dass er ganz belämmert in den Sonnenuntergang schielte, während seine Schäfchen in aller Ruhe weitergrasten. Für Luke war das so etwas wie ein Omen. Die Schafe grasen und plötzlich geht die Welt unter. Manchmal fröstelte er, wenn er daran dachte.

Jennifers Mutter blieb an diesem Abend noch lange. Während Luke einzuschlafen versuchte, hörte er sie in der Küche miteinander reden. Und Jennifer schlief unterdessen in der Wohnstube. Jennifer war fünf Jahre alt. Insgeheim hielt Luke Jennifer für eine Ziege, und zwar nicht nur weil sie meckern konnte, sondern weil sie ihm letzte Weihnachten absichtlich das neue Fahrrad umgeworfen hatte und weil sie ihm einmal beim Essen mit der Gabel in den Finger gestochen hatte. Ebenfalls in voller Absicht.

Luke machte sich zwar nicht viel draus und sagte sich einfach, dass Jennifer eben ein bisschen daneben war. Später, in ein paar Jahren, wenn sie etwas erwachsener war, dann konnte gut sein, dass aus ihr noch was werden würde. Aber vorläufig war Luke nicht bereit seine Ansichten über Jennifer zu ändern, auch wenn er damit zumindest seinem Vater einen Gefallen getan hätte.

Luke lag im Bett und er hörte, wie sein Vater das Radio etwas lauter drehte. Der Empfang war schlecht. Hier draußen gab es noch nicht einmal richtig Fernsehen. Manchmal, wenn das Wetter günstig war, kriegte McBain ein Flimmerbild in seinen Kasten. Er war der einzige Mensch in Cedar Creek, der einen Fernseher hatte, aber bis jetzt war es ihm noch nie gelungen, einen Film oder ein Hockeyspiel vollständig reinzukriegen.

Luke hörte den Radiosprecher sagen, dass die Experten sich nicht im Klaren darüber seien, was in den nächsten Tagen passieren würde. Das war nichts Neues. Seit einer Woche redete man hin und her. Und niemand wusste Bescheid. Die Experten schon gar nicht. In den Zeitungen hatte gestanden, dass San Francisco vielleicht im Meer versinken würde. San Francisco war weit weg. Dreitausend Kilometer vielleicht. Die Leute dort gingen nur noch im Regenmantel zu Bett, schrieb die Zeitung. Und mit einer Taschenlampe unter dem Kopfkissen. McBain, dessen Bruder in San Francisco lebte, hatte sogar ein Achtmannschlauchboot unterm Bett, völlig aufgepumpt.

Luke hörte, wie sein Vater und Jennifers Mutter miteinander redeten und wie im Radio diskutiert wurde. Dann kam noch Oberleutnant Edwards zu Besuch. Luke hörte ihn sagen, dass er vielleicht morgen nicht zum Windy Point hinausfliegen könne, wenn es so weiterschneite.

James Carter und George Bent hatten aber nur Proviant für wenige Tage.
Luke war so müde, dass er irgendwann trotz des Radios und der Stimmen in der Küche einschlief. Als er am Morgen erwachte, lag Jennifer nicht mehr auf der Couch. Die Tür zu Vaters Schlafzimmer stand einen Spaltbreit offen. Drinnen brannte Licht und Luke sah seinen Vater auf dem Bettrand sitzen. Er rieb sich das stoppelbärtige Gesicht.
Luke machte die Gasheizung an. Draußen heulte der Wind. Alle Scheiben des Hauses waren so dick mit Eis beschlagen, dass man nicht hindurchsehen konnte. Luke machte die Tür auf. Es schneite dicht. Die Lampe vor dem General Store schaukelte im Wind. Zu solch früher Morgenstunde war niemand auf der Straße.
Luke schloss die Tür, bevor der Wind Schnee ins Haus blasen konnte. Vater kam aus dem Schlafzimmer und machte das Radio an. Gordon Lightfoot sang »The Ballad of the Yarmouth Castle«, eines von seinen Liedern, die Luke am besten gefielen.
Luke setzte Kaffee auf und bereitete das Frühstück vor. Das tat er jeden Morgen. Dafür kochte Vater am Abend. Mittags kam er nicht nach Hause, wenn er in der Sägemühle arbeitete. Jetzt hatte er acht Tage Urlaub. Für die Jagd. Vier Tage waren schon vorbei.
Die Sechsuhrnachrichten brachten Neuigkeiten. Der Sturm hatte viele Dörfer im Hinterland von der Außenwelt abgeschnitten. So war zum Beispiel die Telefonverbindung zwischen Cedar Creek und Redstone unterbrochen. Die Straße von Williams Lake war gesperrt. An einigen Stellen war der Schnee über fünf Meter hoch angeweht, so dass

nicht einmal Schneepflüge durchkamen. Außerdem rechnete man mit mehr Schnee und mit einem weiteren Temperaturrückgang. In Seattle hatte man über Nacht weitere schwache Beben registriert. Aus dem Krater des Mt. St. Helen quoll glühende Lava und in einem Dorf in Kalifornien waren während eines Bebens mehrere Häuser eingestürzt.

Kurz nach den Nachrichten klopfte Oberleutnant Edwards an die Tür. Luke öffnete ihm. Edwards trug seinen pelzgefütterten Parka. Er klopfte sich den Schnee von den Stiefeln, bevor er eintrat.

»Ich mache mir Sorgen um James und George«, sagte er. »Es hat die ganze Nacht ohne Unterlass geschneit. Du kennst dich dort draußen im Taseko-Gebiet besser aus als ich, Tom. Glaubst du, dass sie es bis zur Hütte geschafft haben?«

Tom Prestridge saß frisch rasiert am Tisch und bot dem Oberleutnant eine Tasse Kaffee an. Erst als dieser Platz genommen hatte, beantwortete er die Frage.

»Schwer zu sagen, Vince. Es sind erfahrene Männer. Ich nehme an, dass sie die Grizzlyfährte aufgegeben haben, als es dichter zu schneien anfing, und dass sie auf schnellstem Weg zur Hütte gegangen sind.«

»Sie hätten Schneeschuhe mitnehmen sollen«, sagte Vince Edwards. Er schlürfte vom heißen Kaffee und blickte durch den aufsteigenden Dampf hindurch Luke forschend an. Luke wich dem Blick nicht aus und schließlich senkte der Oberleutnant die Tasse.

»Dein Vater hat mir gesagt, dass du die Elchkuh mit dem ersten Schuss niedergestreckt hast, Luke. Gratuliere.«

»Sie stand günstig«, sagte Luke. »Außerdem war die Sicht ausgezeichnet. Ich brauchte nur Ruhe zu bewahren, genau zu zielen und im richtigen Moment abzudrücken.«
»Er ist ein ausgezeichneter Schütze, Vince«, sagte Tom Prestridge. Er erhob sich vom Tisch und trug sein Geschirr zum Spülbecken. Als er sich umdrehte, hatte er einen entschlossenen Ausdruck in seinem schmalen Gesicht. »Wenn du nicht fliegen kannst, Vince, mach ich mich zu Fuß auf den Weg. Es hat keinen Sinn, hier auf besseres Wetter zu warten. Ich kann ihnen zumindest Proviant rausbringen.«
Edwards schüttelte den Kopf. »Dort draußen siehst du nicht die Hand vor den Augen, Tom. Du würdest dich verirren.«
»Nicht, wenn ich den Taseko Creek entlanggehe«, gab Tom Prestridge bestimmt zurück. »Bis zum Horseshoe Bend. Und von dort gehe ich schnurgerade nach Osten bis zum Hackberry Creek. Vom Hackberry Creek würde ein Blinder mit dem Krückstock den Weg zum Taseko Lake finden.«
»Und Luke?«
»Luke bleibt hier. Er kann mit dir fliegen. In ein paar Tagen wird das Wetter bestimmt besser. So lange können wir in der Hütte am Windy Point ausharren. Bringt genügend Proviant mit, damit ich mich anschließend gleich auf die Fersen des Grizzlys heften kann.«
Luke spürte den Blick des Oberleutnants auf sich gerichtet und er merkte, wie ihm das Blut in den Kopf stieg. Er stand so abrupt auf, dass der Stuhl umfiel. Als er aus der Küche gehen wollte, rief ihn sein Vater zurück.

»Was ist, Luke?«, fragte er so scharf, dass Luke zusammenfuhr. Er blieb stehen, drehte sich aber nicht um. Und er gab seinem Vater keine Antwort.
»Luke, hol bitte deine Schneeschuhe herein. Ich glaube, einer der Riemen ist so brüchig, dass er bald reißen würde.«
Luke steckte die Hände in die Taschen seiner Hose. Langsam drehte er sich um und blickte seinen Vater unter den schmalen Brauen hervor trotzig an.
»Meine Schneeschuhe sind in Ordnung«, stieß er hervor.
Tom Prestridge runzelte die Stirn. Er verstand sofort, was Lukes Trotz heraufbeschworen hatte. Vince Edwards erhob sich und rieb seine Hände. »Nun, ich glaube, ich gehe jetzt besser«, sagte er. »Luke, wir fliegen, sobald der Schneesturm etwas nachlässt.«
Luke sagte kein Wort und starrte zu Boden. Als Edwards draußen war, kam sein Vater um den Tisch herum. Er legte einen Arm um Lukes Schultern.
»Wann hast du deine Schneeschuhe das letzte Mal nachgesehen, Luke?«
»Letzten Winter«, sagte Luke ohne aufzublicken.
»Dann bringst du sie besser herein. Wir können es uns auf diesem Ausflug nicht erlauben, nachlässig zu sein.«
Jetzt hob Luke den Kopf. »Soll das heißen, dass du mich mitnimmst?«
Tom Prestridge lächelte schwach. »Ich weiß nur nicht, wie ich es Jennifers Mutter erklären soll. Ich habe ihr versprochen, dass ich dich hier lasse.«
»Warum?«
»Weil sie Angst um dich hat. Du weißt ja, wie sie ist. Sie macht sich leicht Sorgen.«

»Sie ist nicht meine Mutter.«
»Nein, sie ist nicht deine Mutter, Luke. Du hast keine Mutter. Und deswegen macht sie sich Sorgen.«
Tom Prestridge nahm den Arm von den Schultern seines Sohnes und fing an den Tisch abzuräumen.

Es wurde überhaupt nicht richtig Tag.
Als Tom Prestridge und Luke aufbrachen, war es zehn Uhr. Der große Schneepflug von der Sägemühle war vor McBains Laden in einer Wehe stecken geblieben, die bis unter das vorspringende Hausdach reichte.
Ein halbes Dutzend tief vermummter Gestalten versuchte den Pflug freizuschaufeln. Bis jetzt war nur der Platz vor der kleinen Holzkirche geräumt. Reverend Lyman streute Kies. Als er Luke und seinen Vater sah, kam er zum Straßenrand, wo der Schnee so hoch lag, dass der Reverend nicht mehr weiterkam.
»Kommen Sie wohlbehalten wieder, Tom!«, rief er. »Und passen Sie auf, dass Ihnen die Berggeister keine Eisklumpen in den Gewehrlauf spucken.« Der scharfe Wind, der durch die Häuserlücken fegte, riss die Worte von den Lippen des Priesters. Die Männer beim Pflug blickten auf. Luke erkannte unter ihnen McBain und Oberleutnant Edwards. Der Oberleutnant winkte herüber. »Dachte mir, dass du ihn mitnimmst, Tom«, rief er.
Tom Prestridge winkte zurück. Er ging Luke voran. Obwohl es in diesem Winter das erste Mal war, dass sie Schneeschuhe trugen, bewegten sie sich leicht. Luke hatte die Hüftbewegungen von Chuck Henson gelernt, als er noch keine drei Jahre alt war. Es gab nicht mehr viele Leute in Cedar

Creek, die auf Schneeschuhen weit gekommen wären. Stealhead-Charlie, ein alter Chilcotin-Indianer, der in der Nähe der Sägemühle eine kleine Hütte hatte, machte die besten Schneeschuhe weit und breit. Und seine Frau nähte ausgezeichnete Mokassins aus Elchhaut. Beide Schneeschuhpaare, die Luke und sein Vater trugen, hatte Stealhead-Charlie hergestellt. Der Rahmen war aus bestem Zedernholz, das Netzgewebe aus Rohhautstreifen.

Auch sonst waren Tom Prestridge und Luke bestens ausgerüstet. Jeder trug einen Rucksack mit Proviant für mehrere Tage, mit dicken Daunenschlafsäcken, Regenumhängen, einem Igluzelt und dünnen Thermo-Schlafmatten, die sich selbst aufbliesen. Außerdem hatten sie Seile mit, ein Paar Ersatzschuhe, Ersatzhemden und Unterzeug, eine große Axt, einen Gaskocher, Streichhölzer, die auch noch benutzt werden konnten, wenn sie nass waren, eine Leuchtspurpistole und einen Haufen anderen Kram. Luke schätzte das Gewicht seines prall gefüllten Rucksackes auf fast vierzig Pfund, während der seines Vaters bestimmt sechzig Pfund wog.

Hinzu kamen die beiden Jagdgewehre und die Munition, je ein Messer und eine Notapotheke, die Tom Prestridge in einer Außentasche seines großen gelben Rucksacks hatte.

Als sie hintereinander am Haus vorbeigingen, in dem Jennifers Mutter wohnte, bellte der alte Jerome, ein zottiger Bastard, der dabei gewesen war, als Jennifers Vater ums Leben kam. Jerome hatte nur noch ein Auge und ein steifes Bein, aber irgendwie gelang es ihm, durch den Tiefschnee zu kriechen, bis er Luke eingeholt hatte.

Luke hielt an.

»Geh nach Hause, Jerome«, sagte er fest, aber der Hund machte keine Anstalten, der Aufforderung nachzukommen. Die Tür des Hauses ging auf und Jennifers Mutter kam auf die Veranda. Sie hatte eine dicke Steppdecke um sich geschlagen.

»Es hat wohl keinen Sinn, wenn ich noch einmal an deine Vernunft appelliere, Tom Prestridge!«, rief sie herüber.

»Wir sind in vier, fünf Tagen zurück«, erwiderte Lukes Vater.

»Ich wollte, ich konnte euch aufhalten. Der Grizzly ist inzwischen vielleicht schon verendet, Tom! Oder er hat sich so weit in die Berge zurückgezogen, dass ihr ihn niemals findet.«

»Darüber haben wir uns schon die halbe Nacht unterhalten«, gab Tom Prestridge zurück.

»Du hast mir versprochen, dass wenigstens Luke dableibt.«

»Ich gehe mit, Ma'am!«, rief Luke. »Keine Sorge, uns passiert schon nichts. Rufen Sie bitte Jerome zurück. Er versucht sonst bestimmt uns zu folgen.«

Jennifers Mutter rief nach Jerome und der große, zottige Hund trottete in seiner eigenen Spur zurück zum Haus. Tom Prestridge hob zum Abschied die Hand. Dann setzte er sich in Bewegung. Luke folgte ihm in einigem Abstand. Schon als sie am alten Feuerwehrschuppen am Rand der kleinen Stadt vorbeigingen, konnten sie die Häuser von Cedar Creek hinter sich nicht mehr sehen. Die Umrisse des R.C.M.P.-Blockhauses tauchten noch kurz im Schneegestöber auf. Der Helikopter stand mitten in einer mächtigen Schneewehe. Nur die obere Hälfte der Kabine und die Rotorblätter ragten heraus.

Es schneite so dicht, dass Luke sich wunderte, wie es seinem Vater gelang, sich zu orientieren. Irgendwie folgten sie dem Taseko Creek, ohne dass dessen Lauf zu sehen war. Nur manchmal glaubte Luke im Schnee Vertiefungen erkennen zu können, die vermutlich das Flussbett waren. Aber die Uferbänke waren tief verschneit, der zugefrorene Fluss mit Schneewehen bedeckt, deren Ränder hoch über die Böschungen hinwegragten. Es fiel Luke auf, wie sein Vater versuchte den Windschatten der Wälder und Hügel auszunutzen, indem er offenes Gelände vermied, wo sie der bretterharte Sturmwind ungehindert hätte angehen können.

Am frühen Nachmittag rasteten sie am Horseshoe Bend des Taseko Creek, und da sie auf dem Weg hierher reichlich Energie verbraucht hatten, holte Tom Prestridge den Gaskocher aus dem Rucksack. Im Windschutz ihrer Rucksäcke füllte Luke einen kleinen Leichtmetalltopf mit Schnee, der durch die Hitze der kleinen Gasflamme zu Wasser schmolz. Tom Prestridge schüttete pulverisierte Trockensuppe hinein und ließ das Wasser aufkochen, während er mit seinem Messer im Topf herumrührte.

Luke merkte erst jetzt, während er auf die Suppe wartete, wie kalt ihm war. Während des Marsches hatte er geschwitzt. Nun aber drang der Wind durch seine dicken Wintersachen und der Schweiß auf seiner Haut wurde schnell eiskalt. Das konnte gefährlich sein. Er hatte davon gehört, wie erschöpfte Menschen in der Kälte ums Leben kamen, weil ihr Körper keine Wärme mehr erzeugen konnte. Als er klein gewesen war, hatte ihm Chuck Henson einmal die Geschichte einer Frau erzählt, die im Frühling bei der Überquerung eines zugefrorenen Sees auf dem Eis eingebrochen war. Man hatte tagelang nach ihr gesucht, aber erst im Sommer, als der See aufgetaut war, fand man sie. Die Geschichte war Luke nie aus dem Kopf gegangen und oft hatte er sogar davon geträumt.

Nach dem Essen ging es ihm wieder etwas besser und er verspürte neue Kraft in den Beinen. Der Sturmwind fegte nach wie vor über die Hänge herunter und am Himmel jagten sich dunkle, schwere Wolken. Sie stauten sich an den Bergen, so dass der Slocan Peak in der Ferne nicht zu sehen war. Nicht einmal die bewaldeten Hügel zwischen dem Taseko Creek und dem Hackberry Creek waren zu erkennen. Die Wolken zogen so tief über das Land hinweg, dass sie die Wipfel der Bäume berührten, die in den Talniederungen wurzelten. Luke dachte, dass Oberleutnant Edwards vielleicht trotzdem zum Windy Point fliegen würde, aber während sie die Hügel überquerten und in das Tal des Hackberry Creek vordrangen, hielt er vergeblich nach dem Hubschrauber Ausschau.

Sie erreichten den Hackberry Creek bei Einbruch der Dunkelheit. Im letzten Licht schlugen sie unter einigen Zedern ihr Lager auf. Sie bauten das kleine blaue Zelt auf, bereiteten ein dürftiges Essen zu und wechselten ihr Unterzeug, das auf dem Marsch hierher vom Schweiß nass geworden war. Tom Prestridge machte unter den tief hängenden Ästen einer der Zedern ein Feuer, an dem sie ihr Zeug trocknen und sich selbst aufwärmen konnten.

In der Nacht ließ der Wind nach. Dafür wurde es so kalt, dass im Wald die Bäume krachten. Luke schlief schlecht. Er dachte an James Carter und George Bent, die nicht gut genug ausgerüstet waren, um der Kälte und dem Sturm lange zu trotzen. Falls sie die Hütte am Windy Point noch vor Einbruch der Dunkelheit erreicht hatten, waren sie in Sicherheit. Falls sie sich jedoch im Schneetreiben verlaufen hatten, konnte es gut sein, dass sie jetzt dabei waren, eine ziemlich ungemütliche Nacht zu verbringen. Luke hoffte nur, dass ihnen nichts zugestoßen war. Man hätte seinem Vater die Schuld gegeben, weil er ihnen den Bären überlassen hatte, der eigentlich auf seiner Abschussliste stand. So hieß ein ungeschriebenes Gesetz hier im Hinterland. Wer ein Tier verletzt, sorgt dafür, dass es ihm nicht entkommt.

Luke fiel in einen unruhigen Halbschlaf. Er hatte keine Ahnung, wie spät es war, als er plötzlich hochfuhr. Unwillkürlich griff er nach seinem Vater, der sofort aufwachte.

»Was ist?«, fragte er leise.

»Hörst du nicht?« Luke hielt den Atem an. Von irgendwoher kam leises dumpfes Grollen. Tom Prestridge konnte es jetzt auch hören. Er legte sich hin und hielt das Ohr an den dünnen Nylonboden des Zeltes. Luke tat es ihm nach. Das Grollen wurde schwächer und verstummte schließlich.

»Hast du's gehört?«, fragte Luke aufgeregt.

Sein Vater richtete sich auf. Er knipste die Taschenlampe an und leuchtete Luke ins Gesicht.

»Bist du in Ordnung, Luke?«

»Ja. Sicher. Du hast es doch gehört, nicht? Wie ein Gewitter, das weit weg ist.«

Tom Prestridge nickte. »Es kam aus dem Erdinnern. Laut war es nicht, aber ich habe es gehört.« Er machte das Licht aus und Luke hörte seinen Daunensack rascheln. »Versuch zu schlafen, Luke.«

»Und wenn es tatsächlich ein Erdbeben gibt?«

»Dann können wir es auch nicht verhindern. Und es nützt nichts, wenn du wach bleibst und dich verrückt machen lässt.«

Das war einleuchtend. Luke legte sich hin. Lange Zeit lauschte er angestrengt, aber er hörte nichts mehr. Stille herrschte und langsam fiel Luke in einen tiefen Schlaf.

Die Schmerzen wurden stärker, wenn er sich schnell bewegte. Am Abend, als der Wind etwas nachließ und die Wölfe ihn auf die Probe stellten, hatte er Mühe, ihnen zu zeigen, dass er noch immer unbesiegbar war. Die Wölfe folgten ihm quer durch ein weites Tal. Weil sie im Tiefschnee nicht vorankamen, gingen sie hintereinander in seiner Spur, bevor diese vom Wind verweht werden konnte. Es waren elf Wölfe. Ein großer grauer Rüde führte sie an. Er war schlau und erfahren. Manchmal schickte er einen seiner jungen Gefährten aus, damit der Grizzly nicht dazu kam, sich auszuruhen. Diese jungen Wölfe hatten nichts anderes zu tun als dem Grizzly zu zeigen, dass sie in seiner Nähe waren und ihn beobachteten. Sie waren die Aufpasser. Und wenn der Grizzly anhielt, schlichen sie sich an ihn heran, sprangen plötzlich kläffend dicht bei ihm auf.

Es war ihr Spiel. Der Grizzly kannte es. Diese Wölfe waren hungrig wie er. Sie folgten ihm, weil sie wussten, dass er verletzt war, und sie wären über ihn hergefallen, wenn er nicht bereit gewesen wäre ihnen zu zeigen, wie stark er noch war und wie gut er noch zu kämpfen wusste.

So entschloss er sich einen der jungen Wölfe zu töten.
Dies war nicht einfach. Die jungen Wölfe wagten es nicht, so nahe an ihn heranzuschleichen, dass er einen von ihnen mit einem Prankenschlag hätte erwischen können.
Es waren drei Wölfe, die ihm lästig fielen. Er konnte sie riechen und er konnte sie hören. Nur sehen konnte er sie nicht. Sie kamen im tiefen Schnee durch den Wald. Sie waren mutig. Vielleicht waren sie auch nur verwegen. Der Grizzly warnte sie nicht. Er zeigte ihnen nicht, wie groß er war, indem er sich aufrichtete. Er blieb auf allen vieren und ging ganz langsam voran.
Der Schnee war so tief, dass er manchmal völlig von ihm zugedeckt wurde. So konnten ihn die Wölfe nicht im Auge behalten. Deshalb kamen sie ihm immer näher. Neugier trieb sie. Und es war keiner da, der sie hätte warnen können. Der Leitwolf war weit zurück mit den anderen, den Weibchen und denjenigen, die sich für den Moment bereithielten, wenn es galt ein großes und gefährliches Tier zu reißen, das in ihr Revier eingedrungen und von einem Menschen verletzt worden war.
Aber der Grizzly war nicht nur ausdauernd und kräftig. Er wusste auch, mit wem er es zu tun hatte. Längst hatte er gelernt, dass ein einzelner Wolf keine Gefahr bedeutete, wohl aber ein Rudel, das von einem erfahrenen Leitwolf geführt wurde.
Er brauchte Ruhe. Und das wusste der Leitwolf. Für ihn war es eine Treibjagd, die er mit List und Tücke, aber auch mit Ausdauer und Geduld zu Ende bringen wollte.
Der Grizzly kannte sich nicht aus in dieser Gegend. Er wusste, dass ihm bis hierher zwei Menschen gefolgt waren,

aber die konnten ihm nicht mehr gefährlich werden, weil sie immer weiter im Sturm zurückblieben. Solange der Schnee fiel und der Sturmwind nicht nachließ, würde es leicht sein, den Menschen zu entkommen.
Er war müde. Nicht müde genug, um sich den Wölfen auszuliefern. Aber so müde, dass er ein Loch suchen wollte, in dem er Schutz fand, so lange, wie er brauchte, um zu neuen Kräften zu kommen. Er wollte seine Wunden lecken, die entzündet waren und bedeckt mit einer eitrigen Kruste.
Die Wölfe wurden mutiger. Und vielleicht ließ auch ihre Wachsamkeit nach. Sie näherten sich ihm von drei Seiten.
Der Grizzly blieb am Waldrand stehen. Rechts von ihm glitt einer der Wölfe durch den Schnee. Ein anderer kam vom Hang her. Plötzlich sprang er über eine Schneewehe hinweg. Mehr als einen Schatten konnte der Grizzly nicht wahrnehmen, aber er warf sich herum und seine Pranken fuhren aus der Drehung heraus auf den Schatten zu. Seine langen, fast geraden Krallen bohrten sich durch das Fell des Wolfes, rissen ihm die Seite auf und hakten sich an seinen Rippen ein. Der Wolf jaulte, während er in den Pranken des Grizzlys herumgewirbelt wurde. Er versuchte den Grizzly zu beißen, aber seine Fänge fuhren ins Nichts.
Trotzdem ließ ihn der Grizzly los und er flog ein Stück durch die Luft, bevor er in das kahle Geäst einiger Büsche stürzte, die am Waldrand aus dem Schnee ragten. Er wollte aufspringen und davonlaufen, zurück zum Rudel, aber der Grizzly war im nächsten Moment über ihm. Die Reißzähne des mächtigen Bären gruben sich tief in den Hals des Wolfes und zermalmten ihm die Nackenwirbel.

Die anderen Wölfe jagten in panischer Angst in ihrer eigenen Spur zurück zum Rudel, um ihre Jagdgefährten vor der Bestie zu warnen, die einen von ihnen getötet hatte.
In dieser Nacht blieb der Grizzly lange ungestört. Er hatte so viel vom Wolf gefressen, dass er satt war. Da er nirgendwo einen guten Lagerplatz fand, kroch er unter die kreuz und quer liegenden Stämme einiger Bäume, die der Sturmwind irgendwann umgerissen hatte. Unter diesen Stämmen fand er eine kleine Schneehöhle, in die er sich hineinlegte, um seine Wunden zu lecken, die wieder zu bluten angefangen hatten.
Später dann schlief er, aber irgendwann wachte er auf, weil er das Rumpeln hörte, das aus dem Erdinnern kam. Und er merkte, wie der Boden unter ihm ganz leise zitterte. Es war nicht das erste Mal, dass der Grizzly dieses Rumpeln hörte. Es beunruhigte ihn. Er nahm eine Gefahr wahr, die er nicht kannte. Diese Gefahr ging nicht von Menschen aus oder von anderen Tieren. Er erinnerte sich nicht, dass ihn seine Mutter auf diese Gefahr aufmerksam gemacht hätte. Sein Instinkt sagte ihm nicht, wie er sich verhalten sollte. Er merkte nur, dass etwas nicht stimmte.
Lange Zeit lauschte er, aber er hörte nichts mehr. Stille herrschte und langsam fiel der Grizzly in einen tiefen Schlaf.

Als es dunkel wurde, mussten sie sich eingestehen, dass sie sich verirrt hatten. Erschöpft und durchfroren krochen sie in die Vertiefung, die sich im Windschatten eines mächtigen Felsbrockens gebildet hatte. Seit dem Mittag wussten sie nicht mehr, in welche Richtung sie eigentlich gingen. Der Sturm machte sie blind. Zuerst war James Carter vorangegangen. Stunde um Stunde stapften sie durch den immer tiefer werdenden Schnee. Einige Male glaubte Carter Bäume zu erkennen, die ihm bekannt vorkamen. Er vermutete, dass sie nicht weit von der Richtung abgekommen waren und sich in der Nähe des Indianerpfades befanden, der zum Taseko Lake hinaufführte. Aber sicher war er längst nicht mehr. Außerdem fror er seit einiger Zeit erbärmlich und er merkte, wie seine Kräfte schnell nachließen. Irgendwann am Nachmittag blieb James Carter einfach stehen. George Bent stieß ihn von hinten an.

»Weiter, James«, rief er in den Sturm. »Es wird bald dunkel.«

Carter schüttelte den Kopf.

»Ich geh nicht mehr voran«, sagte er. Und als er sich umdrehte, sah Bent, dass er ihn nicht mehr dazu bringen konnte, vor ihm herzugehen. Carter hatte den Ausdruck eines Menschen in den Augen, der von einer schlimmen Angst geplagt wurde. Sein Atem ging keuchend. Das Haar, das unter seiner Kapuze hervorsah, war vereist. Auch an seinen Brauen und Wimpern glitzerte Eis und seine Nase war weiß.

»Schlag dir den Schal um den Kopf, so dass du ihn bis unter die Augen hochziehen kannst!«

»Wir haben uns verlaufen!«, gab Carter rau zurück. »Ich weiß nicht mehr, wo wir sind. Vielleicht sind wir so weit weg vom Windy Point, dass sie uns niemals mehr finden.«

George Bent half seinem Gefährten mit dem Schal. Dann hielt er ihn kurz am Arm fest. »Wir müssen weiter, James. Hier draußen im offenen Gelände können wir unmöglich die Nacht verbringen. Komm!«

Von da an ging George Bent voran. Aber auch er wusste nicht, wo sie sich befanden. Alles sah gleich aus. Es gab keine scharfen Konturen mehr, keine Orientierungspunkte. Der Schnee, der im Wind trieb, hatte sich wie eine flauschige Decke über das Land gebreitet. Selbst in den Wäldern fanden sie keinen Schutz mehr. George Bent wusste, dass sie einen Unterschlupf für die Nacht finden mussten. Vielleicht ließ der Sturm nach und war am nächsten Tag vorbei. Das war ihre einzige Chance. Sobald sich das Wetter besserte, würde Edwards nach ihnen suchen. Und ganz gleich, wie weit vom Windy Point entfernt sie sich befanden, vom Helikopter aus würde man sie in diesem tief verschneiten Gebiet leicht entdecken können.

Als es dunkel wurde, mussten sie sich eingestehen, dass sie sich tatsächlich verirrt hatten. Völlig erschöpft und durchgefroren krochen sie in die Vertiefung unter dem mächtigen Felsbrocken. Von dieser Vertiefung führte ein Loch zum Fuße des Felsbrockens, wo es sich zu einer kleinen Höhle ausweitete. Die Höhle war gerade groß genug, dass sie bequem darin Platz fanden. Dicht am Stein war der Boden sogar schneefrei. Sie schlugen ihr Lager auf. James Carter redete kein Wort.

Er spürte seine Finger und die Zehen nicht mehr.

George Bent holte den Gaskocher hervor. Viel Proviant hatten sie nicht und so aßen sie nur eine dünne Erbsensuppe mit Speckwürfeln. George Bent machte sich Sorgen um seinen Gefährten, der krank aussah.

Seine Augen glitzerten, als hätte er Fieber. Er verschüttete einen Teil der Suppe, als er versuchte die Blechtasse zum

Mund zu führen. Die heiße Suppe lief über seine Finger, aber er spürte nichts.

»Du musst deine Glieder warm kriegen, James«, ermahnte ihn George Bent.

Carter hob die Hände und starrte seine Finger an, mit denen er die heiße Tasse umklammert hielt.

»Sie werden warm, George«, sagte er. »Schau nur, sie werden warm.«

»Du hast sie verbrannt, zum Teufel.« Bent nahm ihm die Tasse weg. »Komm, ich helfe dir die Stiefel auszuziehen.«

Den ganzen Abend kümmerte sich George Bent um seinen Gefährten. Er rieb seine Füße, bis die Blutzirkulation wieder funktionierte. Und als James Carter schlotternd in seinem Schlafsack lag, versuchte er ihm einzureden, dass sie morgen wieder in Cedar Creek sein würden. »Edwards wird sich nicht aufhalten lassen, James. Du kennst ihn ja. Der fliegt fast bei jedem Wetter.«

»Fast«, sagte James Carter und seine Zähne schlugen klappernd gegeneinander.

»Du machst dir unnötig Sorgen.« George Bent erhob sich. »So ein Sturm dauert nicht ewig. Hör nur, es ist kaum mehr Wind.«

»Hier unten, in diesem Loch, hört man nichts.«

»Ich höre gut. Weißt du, was ich höre? Ich höre, dass der Wind nicht mehr so stark ist. Und ich höre Wölfe heulen. Der Sturm hat nachgelassen, James.«

»Gut.«

»Ich geh raus und versuche Holz zu finden. Ein kleines Feuer wärmt dich schnell.«

George Bent kroch aus dem Loch. Oben versank er bis zu

den Knien im Schnee. Es war dunkel und es schien tatsächlich, als hätte der Sturm nachgelassen. George Bent leuchtete mit der kleinen Taschenlampe umher.
Der Lichtschein huschte über tief verschneite Bäume, die nicht weit entfernt standen. Er beeilte sich dorthin zu kommen. Aber auch im Wald lag der Schnee inzwischen tief. Es blieb ihm nichts anderes übrig als die unteren Äste, die kahl und blank von den Stämmen der Tannen wegragten, abzuschlagen. Mit einem Arm voll solcher Stöcke kehrte er in den Unterschlupf zurück und machte ein Feuer.
»Merkst du, wie es warm wird?«, fragte er nach einer Weile.
Carter rührte sich nicht. Er hatte die Augen geschlossen. Seine Lippen bewegten sich und Bent konnte ihn leise reden hören, verstand aber kein Wort. Vielleicht betete er. Carter war ein frommer Mensch.
Die Wärme des kleinen Feuers staute sich in der Höhle. Der Fels wurde nass vom schmelzenden Schnee. Erst als das Feuer am Ausgehen war, legte sich auch George Bent hin. Er war todmüde. Trotzdem schlief er nicht ein. Und irgendwann in der Nacht vernahm er ein dumpfes, leises Grollen, das nicht länger als zwei, drei Minuten anhielt. Es kam nicht von oben durch das Loch. Es kam aus dem Boden unter ihm. Er dachte daran, Carter aufzuwecken, aber das hatte keinen Sinn. Carter fieberte im Schlaf.

Sobald es hell war, brachen Tom Prestridge und Luke auf. Es schneite wieder.
Bis zum Mittag hatten sie das Tal des Hackberry Creek durchquert. Sie rasteten an einem Waldrand, machten

Tee und aßen von ihrem Proviant. Luke hatte keinen großen Hunger. Er wünschte nur, dass sie bis zum Abend die Hütte am Windy Point erreichten und dass sie dort Carter und Bent wohlauf antreffen würden.
Luke sah seinem Vater die Sorgen an, die er sich um die beiden machte. Er konnte es kaum erwarten, dass Luke mit dem Essen fertig und zum Weitermarsch bereit war.
Als sie ihre Schneeschuhe wieder anschnallten, machte Tom Prestridge Luke auf die Stille aufmerksam, die sich plötzlich über dem weißen Land ausgebreitet hatte. Es wehte kein Wind mehr. Die Bäume im Wald bewegten sich nicht mehr. Die weißen Flocken fielen leicht und leise auf die Schneedecke nieder.
»Die Ruhe vor dem Sturm«, sagte Prestridge. »Wir müssen uns beeilen, Luke.«
»Wie weit ist es bis zum Windy Point?«
»Etwa fünfundzwanzig Kilometer.«
»Das schaffen wir nicht bis zur Dunkelheit.«
»Wir gehen, bis wir dort sind«, entgegnete sein Vater.
Er wuchtete seinen Rucksack hoch, zog die Schulterriemen zurecht und wartete, bis Luke bereit war. Dann setzte er sich in Bewegung und Luke merkte sogleich, dass er das Tempo verschärfte. Luke versuchte locker zu bleiben, während er seinem Vater folgte. Nach kurzer Zeit aber geriet er ins Schwitzen. Seit sich der Wind gelegt hatte, schien es immer wärmer zu werden.
Luke hielt an. Sein Vater drehte sich nach ihm um. Lukes Gesicht war vor Anstrengung gerötet. »Ich zieh den Parka aus«, keuchte er. »Es ist so warm, dass beinahe der Schnee schmilzt.«

»Wir müssen weiter, Luke«, drängte sein Vater. »Dieser Wärmeeinbruch ist nichts weiter als ein Vorbote des Blizzards. Das hängt mit den Luftströmungen zusammen. Es ist wie kurz vor einem Gewitter.«
Luke ließ den Rucksack zu Boden gleiten. Er zog den Parka aus, rollte ihn zusammen und schnallte ihn am Sack fest. Als er wieder bereit war, spürte er die Kälte auf der Haut. Er fröstelte, aber nachdem sie eine Weile gegangen waren, wurde ihm angenehm warm. Er kam jetzt besser voran und manchmal hatte er das Gefühl, als ob er schneller gehen könnte als sein Vater. Es war das erste Mal, dass er dieses Gefühl verspürte. Sonst hatte er sich immer anstrengen müssen mit seinem Vater Schritt zu halten. Das Gefühl irritierte ihn. Vielleicht täuschte er sich. Es konnte auch sein, dass sein Vater genau wusste, wie sie die Kräfte einzuteilen hatten. Das Gelände stieg an. Der Weg war noch weit.
Vor ihnen tauchten die Umrisse eng stehender Bäume auf. Und aus dem Schnee am Hang ragten Felsbrocken, die sich wie die versteinerten Rückenwirbel eines ungeheuer großen Fabeltieres über einen Hügel hinwegzogen. Einige der Felsen waren völlig eingeschneit. Andere ragten rissig und eisbehangen aus den Wechten. Luke konnte sich nicht erinnern, dass er schon einmal hier gewesen war. Auch nicht in jenem Sommer, als er mit seinem Vater am Taseko Lake zum Fischen gewesen war.
Ein seltsamer Sommer war das gewesen. Vor drei Jahren. Luke erinnerte sich noch an den Tag, als Dogrib-Joe zur Hütte gekommen war und ihnen einen toten Fisch vor die Tür gelegt hatte. Der Fisch hatte einen goldenen Perlen-

ohrring im Maul. Luke fand ihn, und als er ihn seinem Vater zeigte, wurde der leichenblass.
Er nahm das Gewehr und ging hinaus und Luke versteckte sich unter einer Lagerstatt und wartete, bis sein Vater wieder zurückkehrte. Er brachte ein Kaninchen mit und er lachte und war fröhlich. Luke hatte ihn nie gefragt, was es mit dem toten Fisch für eine Bewandtnis hatte und mit dem Ohrring, den er niemals wieder sah. Aber er war sicher, dass es etwas mit der Vergangenheit seines Vaters zu tun hatte.
Luke prallte beinahe auf seinen Vater auf, als dieser plötzlich vor ihm stehen blieb und das Gewehr vom Rücken nahm.
»Siehst du den Felsbrocken dort, der drei Zacken hat? Zwei kleine und einen etwas größeren, der aussieht, als wäre ein Stück von ihm weggebrochen?«
Luke sah den Felsen, der fast ganz von einer verharschten Schneewehe umgeben war. Vom schwarzen Gestein hingen bizarr geformte Eisgebilde. Es fiel Luke auf, dass dieser Felsen der einzige war, an dem so viel Eis hing.
»Wenn du genau hinsiehst, kannst du erkennen, wie sich vor dem Felsen über einer Mulde die Luft bewegt, Luke.«
Tatsächlich konnte Luke dort, wo der Fels tief im Schnee verschwand, eine kaum wahrnehmbare Bewegung der Luft erkennen. So als ob Dunst aufsteigen würde. Wärme, die aus der Mulde kam.
Der Grizzly!
Luke zog hastig das Gewehr von der Schulter. Gebannt blickte er zu dem Felsen hinüber. Sein Vater gab ihm ein Zeichen, sich nicht zu rühren. Mit schussbereitem Gewehr

ging er auf den Felsen zu. Bei jedem Schritt sank er ein wenig tiefer im Schnee ein, aber seine Bewegungen waren jetzt wieder geschmeidig. Die Müdigkeit war aus seinen Gliedern gewichen. Langsam näherte er sich der kleinen Mulde. Nichts rührte sich dort. Luke, der zurückgeblieben war, suchte mit den Augen vergeblich nach Spuren im Schnee. Auch er hielt sein Gewehr bereit, so dass er im Notfall sofort anlegen und abdrücken konnte.
Vorsichtig näherte sich Tom Prestridge dem Rand der Mulde. Als er sie erreichte, roch er den Rauch und er sah sofort, dass der Schnee in der Tiefe der Mulde gelblich gefärbt war, rund um ein Loch herum, das offenbar zum Fuße des Felsbrockens führte. Nicht die Körperwärme eines Grizzlys bewegte die Luft über dem Loch, sondern der Rauch eines Feuers in einer Schneehöhle.
Kein Laut drang aus dem Loch. Tom Prestridge beugte sich etwas vor. Er konnte nichts sehen außer den dünnen Rauchschleiern, die am Fels hochkrochen und sich über der Mulde auflösten.
»Jemand da unten?«, rief Tom Prestridge.
Es kam keine Antwort aus der Tiefe. Tom Prestridge ließ den schweren Rucksack vom Rücken gleiten, bückte sich und schnallte die Schneeschuhe ab. Als er sich aufrichtete und sich nach Luke umblickte, zeigte dieser zu den Bäumen hinüber. An einigen Tannen hatte jemand die abgestorbenen Äste abgeschlagen.
Tom Prestridge ließ sich auf die Absätze seiner Stiefel nieder und rutschte in die Mulde hinein bis zum Loch. Dort kniete er hin und beugte sich so weit vor, dass er in das Halbdunkel hinuntersehen konnte. Von einer kleinen Feu-

erstelle stieg etwas Rauch auf. Verkohlte Holzstücke lagen in grauer Asche. Neben der Feuerstelle, halb durch einen vorspringenden Felsen verdeckt, lag ein Mensch in einem dunkelgrünen Schlafsack. Es war James Carter. Er hatte sich mit den Ellbogen aufgestützt und starrte aus weiten glitzernden Augen zum Loch hoch. Das schüttere Haar klebte in seiner Stirn. Er hatte Frostbeulen an der Nase und am Kinn.

»Bist du das, Tom?«, fragte er mit rauer Stimme. »Bist du das wirklich?«

»Ich bin's«, erwiderte Tom Prestridge. »Wo ist George?«

»Hilfe holen«, stieß James Carter hervor. »Am Windy Point. Edwards fliegt doch dorthin, Tom.«

Tom Prestridge nickte. »Das Wetter ist etwas besser geworden«, sagte er, obwohl er wusste, dass ein schlimmer Wintersturm im Anzug war. Er richtete sich so weit auf, dass er Luke sehen und ihn herbeiwinken konnte. Dann ließ er sich sachte durch das Loch in die Höhle hineingleiten. Auch wenn es hier unten ziemlich dunkel war, konnte er sogleich erkennen, dass es mit Carter nicht gut bestellt war. Er hatte Fieber und er fror erbärmlich. Tom Prestridge brachte sofort das Feuer in Gang. Als sich Luke im Loch über der Höhle zeigte, schickte er ihn Holz holen.

Nach einer Weile ging es James Carter etwas besser. Er hatte eine Tasse Tee getrunken und Tom Prestridge gab ihm zwei Aspirin, um das Fieber zu senken. Mehr konnte er im Moment nicht für ihn tun, auch wenn Carter über Schmerzen tief im Rücken und hinter dem Brustbein klagte. »Am Morgen war ich so schwach, dass George gegen

Mittag allein zum Windy Point aufgebrochen ist«, erklärte Carter mühsam. »Wir dachten, dass Edwards vielleicht trotz des Wetters dorthin geflogen ist und Proviant abgeworfen hat.« Carter verzog das Gesicht zu einem schiefen Grinsen. »So schnell habe ich noch nie schlapp gemacht, Tom. Plötzlich war keine Kraft mehr in meinen Beinen. Ich wollte mich hinlegen und sterben. Aber George hat mich mitgeschleppt bis hierher.«

James Carter fuhr sich mit der Zunge über die rissigen Lippen. Jeder Atemzug bereitete ihm Schmerzen und manchmal stöhnte er, während er versuchte die Luft möglichst lange anzuhalten.

Tom Prestridge fürchtete, dass Carter eine Rippenfell- oder sogar eine Lungenentzündung hatte, was wiederum bedeutete, dass man ihn nicht von hier wegbringen konnte, es sei denn mit dem Hubschrauber.

Noch mehr Sorgen machte sich Tom Prestridge aber um George Bent, der auf dem Weg zum Windy Point leicht vom Blizzard überrascht werden konnte. Bent hatte keine Ahnung gehabt, wo sie sich befanden. Er wollte sich auf sein Gefühl verlassen und auf seine langjährige Erfahrung im kanadischen Busch. »Als er hier aufbrach, war er überzeugt davon, dass er die Hütte noch vor dem Dunkelwerden erreichen würde«, sagte James Carter leise. »Wie weit sind wir von der Richtung abgekommen, Tom?«

»Überhaupt nicht«, erwiderte Tom Prestridge. »Die Felsen da gehören zur Hackberry Ridge. Von hier sind es knapp zwölf Kilometer zum See. Wann ist George von hier weggegangen?«

»Am Mittag. Vor etwa drei Stunden.«

»Dann schafft er es nicht.« Tom Prestridge griff nach seinem Gewehr und nach Lukes Rucksack, der weniger Gewicht hatte als sein eigener. »Du bleibst hier, Luke! In diesem Loch seid ihr sicher, auch wenn der Blizzard eine Weile anhalten sollte.«
Luke sah am entschlossenen Ausdruck seines Vaters, dass jeder Einwand zwecklos gewesen wäre. Er legte ein paar Äste in das Feuer und vermied es, seinen Vater anzusehen. James Carter hatte sich etwas aus seiner liegenden Stellung aufgerichtet.
»Du bringst dich auch noch um, Tom«, sagte er mühsam.
»Wenn es George nicht schafft, dann schaffst du es erst recht nicht, weil er dir drei Stunden vorausĥat.« Tom Prestridge schob den Rucksack durch das Loch nach draußen, die Schneeschuhe hinterher.
»Ich komme viel schneller voran als er. Bis es dunkel wird, habe ich ihn längst eingeholt.«
»Falls der Blizzard nicht schon früher losbricht«, wandte Carter ein. »Es ist verdammt unvernünftig, was du tun willst, Tom. George kennt sich aus. Er weiß, wie er sich im Notfall zu verhalten hat.«
»Ein Mann allein gerät leicht in Panik, James«, erwiderte Tom Prestridge bestimmt. »Du weißt selbst, wie das ist, nicht wahr? Außerdem habe ich eine gewisse Verantwortung ihm gegenüber. Was meinst du, was es heißen würde, wenn er dort draußen in einem Blizzard ums Leben käme.«
Carter sagte nichts darauf. Er wusste selbst, dass man Tom Prestridge die Schuld geben würde.
Luke hob den Kopf in dem Moment, als sein Vater sich anschickte durch das Loch hinauszukriechen. Er drehte

sich noch einmal um und er hatte für einen Augenblick jenes Lächeln im Gesicht, hinter dem er sich so gut verbergen konnte. Als Luke zu ihm aufsah, verschwand das Lächeln.

»Luke, du verlässt dieses Loch nicht, solange der Blizzard anhält, und auch nicht bei Dunkelheit«, sagte er. »Schaff einen genügend großen Vorrat an Holz herbei. Und versucht mit dem Proviant sparsam umzugehen. Es kann ein paar Tage dauern, bis es Edwards möglich ist, euch hier wegzuholen.«

Luke nahm die Unterlippe zwischen die Zähne. Eigentlich wollte er ihm sagen, dass er hier bleiben sollte. Aber er schwieg und er merkte, wie seine Augen zu brennen anfingen, als sein Vater durch das Loch hinauskroch.

»Dein Vater ist ein ganz gehöriger Dickschädel, Junge«, sagte James Carter, der sich wieder hingelegt hatte. »Solang ich ihn kenne, klug werd ich nicht aus ihm.«

»Ich auch nicht«, sagte Luke mit Trotz in der Stimme. Er hatte sich erhoben und lauschte durch das Loch hinaus. Er hörte nur das Knirschen des Schnees unter den stapfenden Schritten seines Vaters. Das Geräusch wurde schnell leiser und verlor sich schließlich. Danach war es still draußen, so still, dass James Carter den Kopf hob und leise fragte, was los sei.

»Nichts«, sagte Luke. »Ich geh Holz holen.« Er kroch aus dem Loch und ging in seiner eigenen Spur zum Wald hinüber. Am Waldrand blieb er stehen und schaute sich um. Eine merkwürdige Spannung lag in der Luft. So als ob jeden Moment etwas Ungewöhnliches passieren würde. Luke fiel das dumpfe Rumpeln ein, das er in der Nacht gehört hatte. Er blickte in die Richtung, in der sich der Slocan Peak befand, aber der Berg war von Wolken umhüllt. Als sich Luke wieder den Bäumen zuwenden wollte, erhaschten seine Augen eine Bewegung am Waldrand. Nicht mehr als ein huschender Schatten im Weiß. Luke verharrte auf der Stelle. Lange Zeit rührte er sich nicht, aber der Schatten tauchte nicht wieder auf. War es ein Wolf gewesen? Oder hatte er sich nur etwas eingebildet? Luke wollte sich vergewissern. Er ging langsam am Waldrand entlang. Hier lag der Schnee nicht so hoch und er kam gut voran. Dort, wo er den Schatten hatte auftauchen sehen, stieß er auf eine frische Fährte. Eine einzelne Wolfsfährte. Die Abdrücke waren deutlich genug, obwohl das eisbehangene Bauchfell des Wolfes die Spur etwas verwischt hatte. Der Wolf hatte nur drei Beine.

Es schien, als wollte der Blizzard die Welt verschlingen. Wie ein wütendes Ungeheuer fiel er über diejenigen her, die sich nicht rechtzeitig in Sicherheit bringen konnten. Er kam plötzlich. So, als hätte er ganz in der Nähe auf der Lauer gelegen, regungslos und mit angehaltenem Atem. Ja, er war ein Ungeheuer und der Grizzly machte sich klein in seinem Unterschlupf, rollte sich zusammen und versteckte die Schnauze in seinem dicken, zottigen Fell, von dem er das Blut weggeleckt hatte.
Er kannte den Blizzard. Er wusste, dass er gnadenlos war denen gegenüber, die ihn unterschätzten. Weder Mensch noch Tier konnte ihm trotzen. Er kannte keine Gnade und er machte keine Unterschiede. Wer sich ihm entgegenstellte, den tötete er. Wer sich nicht schützte, den vernichtete

er. Und wer ihm noch rechtzeitig entkam, dem jagte er die schlimmsten Ängste ein.
Der Blizzard war ein Ungeheuer aus Wind und Eis, aus Gebrüll und Geheul, aus Finsternis und aus Feuer. Er hatte keine Gestalt, keine Pranken und Krallen. Er war nichts als ein Rachen mit spitzen Zähnen aus Eis, mit heißem Atem und mit der unbändigen Kraft jener Gewalten, die ihn gezeugt hatten. Der Grizzly hielt sich still in seinem Versteck. Sein Herz schlug langsam. Das Blut in seinen Adern wurde kühler und er verspürte die bleierne Müdigkeit in sich, die ihm so vertraut war, weil sie jedes Jahr zur kalten Jahreszeit wiederkehrte. Er hätte schlafen können, aber er wusste, dass er hier nicht lange in Sicherheit war. In diesem Land war er der Eindringling. Er musste aufpassen, wachsam sein. Der Friede in diesem Loch unter den Stämmen war ein Trug, von dem er sich nicht versuchen lassen durfte. Er konnte sich nur ausruhen, bis sich das Ungeheuer ausgetobt hatte. Jetzt lauschte er der gewaltigen Stimme des Blizzards und er dachte an die Wölfe, die in panischer Angst durch die Wälder jagten und sich irgendwo dicht zusammendrängten in ihrer Furcht. Und das Ungeheuer würde vielleicht einen von ihnen töten, oder zwei, und wenn es genug hatte und über die Berge davonzog, würden die übrigen Wölfe ihre toten Gefährten fressen.
Das ist gut so, dachte der Grizzly. Vielleicht komme ich hinzu und vertreibe sie von den Kadavern. Und dann bin ich nicht nur kräftig. Dann bin ich auch satt.

Tom Prestridge holte George Bent am Little Lake ein, dem winzigen Quellsee des Hackberry Creek. Der See war dicht zugefroren und Bent hockte im Schnee an der Uferböschung, zwischen dünnen, langen Schilfruten, die der Wind zerzaust hatte. Er hörte Tom Prestridge nicht kommen, weil sein Herz so laut schlug und ihn sein eigener keuchender Atem einhüllte. Erst als Tom Prestridge neben ihm stehen blieb, hob er den Kopf. Ungläubiges Staunen breitete sich in seinem Gesicht aus, von dem er den Wollschal gezogen hatte, um besser atmen zu können.

»Herrgott, wo kommst du denn her, Tom?«, fragte er mit unnatürlich krächzender Stimme.

»Wir haben Carter gefunden. Luke ist bei ihm.«

»Luke?« Bent schüttelte verständnislos den Kopf. »Hat euch Edwards hergeflogen?«

»Nein. Wir sind zu Fuß unterwegs.« Tom Prestridge deutete mit einer Kopfbewegung auf die hochgebogenen Spitzen der Schneeschuhe, die ein wenig aus dem Schnee ragten. »Wir sind gut vorangekommen. James sagte mir, dass du keine Ahnung hast, wo du bist. Da dachte ich, ich geh dir nach, bevor die Hölle losbricht.«

»Der Blizzard. Ich weiß.« George Bent blickte nach Norden. Dort war der Himmel von einem gelblichen dunklen Grau. »Lange dauert es nicht mehr, Tom. Weißt du denn überhaupt, wo wir hier sind?«

»Das ist der Little Lake, der Quelltümpel des Hackberry Creek.«

»Ich dachte es mir, aber ich war nicht sicher. Alles sieht anders aus als sonst. Tom, ich bin froh, dass du hier bist. Ich dachte, ich schaff's bis zum See. Aber an den Nordhängen liegt der Schnee zu tief. Ich bin ziemlich schlapp. Keine Kraft mehr. Und eiskalt bis in die Knochen.«

»Hier können wir nicht bleiben.« Tom Prestridge sah sich um. »Weißt du, dass du ein Rudel Wölfe auf deiner Fährte hast?«

George Bent nickte. »Der Grizzly hat einen von ihnen erwischt. Er steckt irgendwo dort unten im Wald. Wahrscheinlich hat er sich längst verkrochen. Seit er den Wölfen gezeigt hat, was noch in ihm steckt, hat der Leitwolf die Jagd auf ihn abgeblasen. Und jetzt sind sie hinter mir her, weil sie glauben, dass ich eine leichtere Beute bin.« George Bent grinste. »Und weißt du was, Tom. Diese verteufelten Biester kriegen uns beide, weil ihnen der Blizzard zu Hilfe kommt.«

»So einfach wird es nicht«, sagte Tom Prestridge grimmig. »Komm, steh auf und schnall dir die Schneeschuhe an.«

»Wohin willst du? Bis zum Wald sind es noch mindestens drei Kilometer. In einer halben Stunde ist es dunkel.«

»Schon eher«, gab Tom Prestridge hart zurück. Und als er sich bückte, um die Riemen der Schneeschuhe zu öffnen, vernahmen sie beide ein Rauschen, so leise nur, dass Tom Prestridge den Atem anhielt, um besser hören zu können. Das Rauschen kam die Täler herauf und ganz leicht begannen sich die Wipfel der Tannen zu bewegen. Sanft strich der Wind über die Hänge hoch und berührte die Gesichter der beiden Männer, die regungslos verharrten, lauschten und dabei merkten, wie jenes beklemmende Gefühl in ihnen wach wurde, das sich schnell in Angst verwandelte. Sie konnten sich dagegen nicht wehren. Tom Prestridge kannte diese Angst gut. Sie war so alt wie er selbst. Sie war in ihm, Tag und Nacht, schlummerte tief in seinem Herzen, in seiner Seele vielleicht oder irgendwo in seinem

Innern, wo sie sich mit aller Gewalt festkrallen konnte. Er merkte, wie ihm Schweiß auf die Stirn trat. Seine Finger zitterten, als er nach der Schlaufe des Schneeschuhs griff, um ihn zu öffnen.

»Wir haben nicht mehr genügend Zeit, um uns in Sicherheit zu bringen, Tom«, stieß George Bent hastig hervor.

Tom Prestridge blickte auf. Weiter unten im Tal hob sich der Schnee vom Boden und breitete sich zu dünnen Schleiern aus, die die Wälder entlangglitten wie eisiger Hauch. Und über den Wipfeln der Bäume wühlten unsichtbare Kräfte in den Wolken, ballten sie, schoben sie durcheinander, rissen sie zu Fetzen und stießen sie über die Hänge hinweg das Tal hoch. Und das Rauschen wurde lauter, vermischte sich mit einem hohen, dünnen Pfeifen, das so scharf war wie die Schneide eines Messers.

»Zieh die Schneeschuhe an«, drängte Tom Prestridge. Er warf Bent einen der Schneeschuhe zu, dann den anderen. »Beeil dich! Wir haben ein paar Minuten, bis es richtig losgeht.«

Ein paar Minuten. Tom Prestridge blickte sich um. Nirgendwo in der Nähe bot sich ihnen Schutz. Und Bent schaffte es nicht einmal mehr, beide Schneeschuhe anzuziehen. Der erste Windstoß traf sie mit einer Wucht, der nicht einmal Tom Prestridge standhalten konnte. Eine Woge von Schnee und Eis überspülte ihn. Er taumelte, geblendet im leeren Weiß, stürzte und hatte Mühe, wieder auf die Beine zu kommen. Mit einem Arm schützte er sein Gesicht gegen die Eisnadeln, die seine Haut verbrannten. Von einem Moment auf den anderen verwandelte sich die Luft in etwas, was es nicht gab, etwas, was er nicht einatmen konnte. Er hatte das Gefühl, ersticken zu müssen. Durch den Stoff seines Parkas hindurch versuchte er seine Lungen mit Sauerstoff zu füllen. Und als er genug davon hatte, brüllte er Bents Namen. Nicht einmal er selbst hörte seine Stimme. Das Rauschen und Pfeifen war so laut geworden, dass er den Kopf tief zwischen die Schultern zog, um mit dem dicken Kragen die Ohren etwas zu schützen. Es wurde schnell dunkel. Nicht so dunkel wie in der Nacht. Deshalb konnte er die Umrisse einer taumelnden Gestalt wahrnehmen, die jäh ein paar Schritte von ihm entfernt auftauchte. Im nächsten Moment war sie im Eis verschwunden. Noch einmal brüllte Tom Prestridge nach George Bent. Er stemmte sich rückwärts gegen den Sturm, machte einen Schritt, der alle Kraft von ihm forderte, einen zweiten und einen dritten, bevor er gegen George Bent stieß. Bent hatte beide Hände vor das Gesicht geschlagen. Er schrie etwas. Tom Prestridge hörte ihn, aber es klang, als käme die Stimme von weit her. Er packte Bent beim Arm und zerrte ihn mit sich. Tom Prestridge hatte keine Ahnung mehr, in welche Richtung sie sich bewegten. Der Sturm drang von allen Seiten auf sie ein. Die Temperatur sank von einer Minute auf die andere um zwanzig Grad. Vielleicht mehr. Es gab kein Entkommen mehr. Sie konnten nur versuchen so lange wie möglich durchzuhalten.

Der Wolf

Luke kroch aus dem Loch.

Es war Tag. Der Schnee fiel leicht, es wehte kein Wind.

»Siehst du was?«, fragte James Carter aus der Tiefe der Schneehöhle.

Luke blickte sich um. Er konnte nichts Ungewöhnliches entdecken, nichts, was nicht schon am Tag zuvor da gewesen wäre. Nur die Bäume am Waldrand sahen zerzaust aus. Der Sturmwind hatte den Schnee von den Ästen gefegt. Einige der Wipfel waren abgebrochen und auf der Nordseite waren die Stämme mit einer Kruste aus Eis bedeckt.

»He, Junge, was siehst du?«, fragte James Carter etwas ungeduldig.

»Nichts«, sagte Luke.

»Wie ist das Wetter?«

»Es schneit.«

»Glaubst du, dass Edwards fliegen kann?«

»Möglich. Die Sicht ist jedoch nicht besonders gut.« Luke erhob sich und versuchte einen Schritt zu machen. Er versank bis zu den Hüften im Tiefschnee. Es dauerte eine Weile, bis er sich wieder so weit befreit hatte, dass er auf dem Bauch zu einer aus dem Schnee ragenden Felskante hinüberkriechen konnte. Dort fand er festen Grund. Er stand auf und blickte das Tal hinauf. Graue Wolken verhüllten die Berge. Nicht einmal der Fuß des Slocan Peak war zu sehen. Luke wollte sich umdrehen und in die Mulde zurückkriechen, als er bemerkte, wie sich keine fünf Schritte entfernt, hart am Fels, der Schnee bewegte. Luke verharrte auf der Stelle. Wie gebannt starrte er auf den Punkt, wo die Kruste unter dem Neuschnee aufbrach. Irgendetwas Dunkles wurde sichtbar. Fellhaar. Ein Kopf. Luke fiel sofort die Spur des Wolfes ein, der nur drei Beine hatte. Er wünschte, er hätte sein Gewehr bei sich, aber das lag mit seinen anderen Sachen in der Schneehöhle. Luke wollte zurückweichen. Als er sich aber auf die Knie niederließ, rutschte er in eine Vertiefung hinein. Vergeblich suchte er im Schnee nach einem Halt. Er kam halb auf die Seite zu liegen und mit dem Kopf nach unten. Über den Rand der Vertiefung hinweg sah er, wie der Wolf freikam. Er entdeckte Luke sofort. Und der Anblick dieses hilflos im Schnee liegenden Menschen überraschte ihn. Luke rührte sich nicht. Der Wolf duckte sich etwas. Seine eng stehenden Augen fixierten Luke. Er hatte die Ohren wachsam hochgestellt, die Lefzen etwas zurückgezogen. Eis hing in seinem zottigen Fell. An seinem linken Vorderbein fehlte die Pfote. Wahrscheinlich war der Wolf erst vor wenigen Wochen in eine Schnappfalle geraten. Der Beinstumpf war frisch vernarbt.

Trotz seiner Verkrüppelung sah der Wolf gesund und stark aus. Er war ein junger Rüde, noch nicht einmal ganz ausgewachsen. Entweder hatte ihn das Rudel ausgesetzt oder er war freiwillig gegangen. Auf jeden Fall war er ein Außenseiter, der ebenso wie Luke den Blizzard überstanden hatte.

Er bewegte seinen Muskel. Und er gab nicht den geringsten Laut von sich. Er starrte Luke nur an, abschätzend und misstrauisch. Luke starrte zurück. Etwas anderes blieb ihm nicht übrig. Eine Minute verstrich. Zwei. Luke merkte, wie sich seine Verkrampfung löste.

Das Gefühl der Unsicherheit wurde schwächer. Sein Instinkt verriet ihm, dass dem Wolf die Begegnung genauso wenig behagte wie ihm selbst.

»Wir haben beide Glück gehabt, nicht wahr?«, hörte Luke sich leise sagen. »Wenn es diesen Felsen hier nicht gäbe, hätte uns der Blizzard längst begraben.«

Die eigene Stimme kam Luke fremd vor. Außerdem hielt er es für nicht gerade intelligent, mit einem dreibeinigen Wolf eine Unterhaltung anfangen zu wollen. Der Wolf rührte sich nicht. Trotzdem glaubte Luke erkennen zu können, wie sich der Ausdruck in den hellen Augen veränderte. Der Wolf merkte anscheinend, dass ihm von diesem Menschen keine Gefahr drohte. Das Misstrauen schwand.

Luke versuchte sich so zu drehen, dass er wenigstens das Gesicht aus dem Schnee heben und den Oberkörper etwas aufrichten konnte. Aber sobald er sich bewegte, duckte sich der Wolf tiefer und jetzt konnte Luke deutlich sehen, wie seine Flanken zitterten.

»Ich tu dir nichts«, sagte Luke so ruhig wie möglich. »Schau her, ich habe kein Gewehr bei mir. Ich habe überhaupt nichts bei mir, mit dem ich dir gefährlich werden könnte. Ich bin nur aus dem Loch gekommen, um nach meinem Vater zu sehen. Und ob der Helikopter nach uns sucht.«

Der Wolf lauschte Lukes Stimme nach. Er legte dabei den Kopf schief und es schien, als würde ihn der Klang der Worte beruhigen. Luke redete schnell weiter.

»Ich habe nichts gegen Wölfe«, sagte er. »Schon gar nichts gegen dreibeinige. Schau nur her, ich kann mich nicht einmal bewegen. Und wenn ich noch länger in dieser Stellung liege, verbiegen sich meine Knochen für immer.« Ganz langsam zog Luke, während er sprach, ein Knie an. Jetzt gelang es ihm, sich zu drehen. Der Wolf begann zurückzuweichen. Luke richtete sich auf. Schnee klebte in seinem Gesicht. Langsam begann er rückwärts zu kriechen und der Wolf machte keine Anstalten, ihn anzufallen. Eine Weile stand er noch regungslos im Schnee, dann drehte er sich um und humpelte davon. Er hatte Mühe voranzukommen, so tief sank er bei jedem Schritt ein. Luke sah ihm nach. Beim Waldrand drehte sich der Wolf noch einmal nach ihm um. Nur kurz. Dann verschwand er im kahlen Gestrüpp.

»Pass auf dich auf«, rief ihm Luke nach. »Da draußen ist ein hungriger Grizzly unterwegs!«

Luke kroch in die Schneehöhle zurück. Carter lag in seinem Schlafsack. Er hatte Fieber und schlimme Schmerzen im Rücken.

»Wenn wir beide hier im Loch bleiben, finden sie uns nie, Luke. Am besten wäre es, wenn du draußen ein Feuer machst.«

»Ich glaube nicht, dass sie jetzt schon nach uns suchen«, entgegnete Luke.

»Oberleutnant Edwards fliegt wahrscheinlich zum Windy Point. Und wenn Vater dort eingetroffen ist, nimmt er ihn und Mr Bent auf. Danach erst werden sie hierher kommen.«

»Du kannst Recht haben, Junge«, sagte James Carter. »Sag mal, ich habe dich draußen reden gehört. Redest du oft mit dir selbst?«

Luke zündete den kleinen Gaskocher an und stellte einen Topf darauf, den er mit Schnee gefüllt hatte. Er blickte kurz zu Carter hinüber.

»Ich habe nicht mit mir selbst geredet«, sagte er abweisend.

Carter hob den Kopf. Seine fiebrig glitzernden Augen drückten Besorgnis aus.

»Soll das heißen, dass jemand draußen ist, Junge?«

Luke schüttelte den Kopf. »Es war nur ein Wolf«, sagte er.

»Ein Wolf? Du hast mit einem Wolf geredet?«

Luke nickte. »Er ist weggegangen«, sagte er. »In den Wald.«

»War er allein?«

»Ja. Er hatte nur drei Beine.«

»Ah, einer von denen.« Carter sank zurück. Sein Atem ging keuchend. »Ich dachte schon, du drehst mir durch, Luke«, sagte er mühsam. »Als ich dich reden hörte, dachte ich, jetzt hat's ihn erwischt.« Das eingefallene Gesicht Carters verzog sich zu einem Grinsen. »Das erzählt man sich nämlich von deiner Mutter, verstehst du. Man sagt, dass sie krank war da oben und dass deshalb alles passiert ist, was passiert ist.«

Luke kniff die Augen etwas zusammen.

»Was ist passiert?«, fragte er leise. Seine Stimme zitterte und er spürte, wie sich alles in ihm verkrampfte. Nie hatte er wirklich wissen wollen, was damals vor vielen Jahren passiert war. Die Leute redeten, das wusste er. Aber Vater hatte ihm nie etwas gesagt. Und er hatte ihn nie nach der Wahrheit gefragt. Vielleicht weil er sie fürchtete. Vielleicht war sie ein Stück seiner Vergangenheit, die nicht zu seinem wirklichen Leben gehörte. Sein Leben begann irgendwann, als sein Vater ihn auf den Schultern durch den Wald trug. Oder vielleicht als sie zusammen am Ufer eines Baches saßen und den Forellen zuschauten, die wie Pfeile durch das schwarze Wasser schossen, hinein in die wilden Strudel der Stromschnellen.

Carter lag lang und dünn im Schlafsack. Der Feuerschein leuchtete auf seinem feuchten Gesicht mit den dunklen Augenhöhlen und den aufgeplatzten Frostbeulen. Seltsam, dachte Luke, er sieht aus, als würde er bald sterben.

»Mr Carter, ich mache jetzt Tee«, sagte Luke schnell.

Carter rührte sich nicht. Er hatte die Augen geöffnet und stierte zum Loch hoch, durch das der Rauch des Feuers abzog.

»Man sagt, dass deine Mutter eine schöne Frau war, Luke«, sagte er leise. »So schön, dass sich Männer im Kampf um sie töteten.«

Luke erinnerte sich an das, was ihm der alte Chuck Henson kurz vor seinem Tod gesagt hatte, und fast waren es die gleichen Worte, die jetzt James Carter gebrauchte. Waren es Lügen, die sich die Leute erzählten? Lügen, die im Laufe der Zeit zur Wahrheit geworden waren wie so viele Geschichten, die man sich hier im Hinterland erzählte, wenn die Abende schon früh am Nachmittag begannen und die Nächte zu lang wurden für nur einen Traum?

»Ich glaube nicht, dass mein Vater jemand umgebracht hat«, stieß Luke plötzlich hervor. »Das ist es doch, was die

Leute sich heimlich erzählen, nicht wahr? Sie sagen, dass Vater einen Mann umgebracht hat, weil er meine Mutter zur Frau haben wollte.«
James Carter drehte den Kopf und blickte herüber.
»Dein Vater hat dir nie etwas gesagt, nicht wahr?«, sagte er keuchend.
Luke schüttelte den Kopf. »Nein. Er lässt die Leute reden, Mr Carter.«
Carter verzog das Gesicht vor Schmerzen.
»Okay, Junge«, sagte er. »Dann halte ich besser den Mund.«

Der Grizzly schüttelte den Schnee aus seinem Pelz.
Er fühlte sich besser. Die Wunden schmerzten nicht mehr so sehr. Nur tief drin in seinem Körper spürte er einen Gegenstand, der nicht zu ihm gehörte. Dieser Gegenstand bereitete ihm dumpfe Schmerzen. Und manchmal hatte er den Geschmack von Blut im Maul. Der Grizzly richtete sich vor dem Loch auf, aus dem er gekrochen war. Durch die Stämme der Bäume hindurch sah er ins offene Land hinaus, das eigentlich für seine kleinen Augen nicht mehr als ein heller Schimmer war. Genau konnte er nicht einmal die Bäume erkennen, aber sein Geruchssinn und sein Gehör halfen ihm sich zu orientieren.
Wölfe hatten bessere Augen. Sie konnten in die Ferne sehen. Wölfe hatten auch gute Ohren und einen ausgeprägten Geruchssinn, waren gewandt und schnell. Aber sie hatten nicht halb so viel Kraft wie der Grizzly. Und das machte ihn überlegen.
Der Grizzly trottete kreuz und quer durch den Wald, bis er sicher war, dass sich keine Wölfe in der Nähe befanden. Er

hatte Hunger. An einem der Bäume richtete er sich auf. Dies war kein gutes Jagdgebiet. Trotzdem markierte er es, indem er mit seinen Krallen die eisverkrustete Rinde aufriss, so hoch am Stamm, wie er hinauflangen konnte. Alle würden die tiefen Furchen im Stamm sehen können. Die Wölfe und die Menschen, die Schwarzbären auch, die jetzt irgendwo schliefen und erst wieder aufwachten, wenn die Sonne genug Kraft hatte, den Schnee zu schmelzen. Dann wurden alle sofort wissen, dass er im Land war; ein Fremder, dem man besser aus dem Weg ging.

In einer Mulde begann der Grizzly im Schnee zu wühlen, bis er auf die knorpeligen Äste eines Busches stieß, an dem kleine, schrumpelige Beeren hingen. Sie waren hart gefroren, und obwohl er viele davon fraß, vermochte er den Hunger nicht zu stillen.

Am Nachmittag erreichte der Grizzly eine weite Ebene. Die Schneedecke war vom Wind glatt gefegt. Keine Spur führte weg vom Wald, aus dem er gekommen war. Der Grizzly trottete ein Stück weit in die Ebene hinaus. Da vor ihm nichts mehr auftauchte, keine Bäume, keine Hügel und nicht einmal Gestrüpp, fühlte sich der Grizzly bald so unsicher, dass er anhielt und zurückblickte. Nur noch schwach konnte er die schützenden Bäume erkennen. Lange zögerte er, bevor er weiterging. Es schneite jetzt heftig. Sein mächtiger Buckel wurde weiß vom Schnee. Bei jedem Schritt sank er tief ein. Vor den Augen hatte er nichts als seinen eigenen Atem. Der Grizzly hatte keine Ahnung, wo er sich befand. Er wusste nicht, dass er mehr als einen Tag brauchen würde, um den Taseko Lake zu überqueren und ans andere Ufer zu gelangen. Er hatte auch keine Ahnung, dass sich am anderen Ufer ein Dorf befand, mit vielen Menschen. Der Hunger trieb ihn ins Nichts hinaus und die Furcht vor den Menschen, die folgten, um ihn zu töten.

Am Nachmittag vernahm Luke ein Geräusch, das leise durch den Schnee in die Höhle drang. Zuerst glaubte er, die Erde würde erneut grollen. Er kniete nieder, beugte sich herunter und hielt das Ohr an den Boden. Nichts. Das Geräusch kam nicht aus der Erde.
Luke sah sich nach Carter um. Carter lag regungslos in seinem Schlafsack. Wie tot. Luke hatte ihm am Mittag vier Aspirin gegeben. Seither schlief er wenigstens.
Luke tat etwas Holz ins Feuer. Dann lauschte er, aber das Geräusch war nicht mehr zu hören. So entschied er, dass es nichts als eine Sinnestäuschung gewesen war. Er hockte sich auf seinen Schlafsack und lehnte sich gegen den nassen Fels. Er dachte an das, was Carter am Morgen gesagt hatte. Dass irgendetwas mit seiner Mutter nicht gestimmt hatte. Die Gedanken ließen ihn nicht mehr zur Ruhe kommen und er nahm sich vor, seinen Vater bei der ersten günstigen Gelegenheit zu fragen. Vielleicht war es jetzt Zeit, dass er die Wahrheit erfuhr. Er hatte immerhin mit dem ersten Schuss den Elch niedergestreckt. Und Vater hatte ihn mitgenommen, obwohl Jennifers Mutter dagegen gewesen war. Das bedeutete etwas. Das bedeutete vielleicht, dass sein Vater bereit war ihm zu vertrauen. Luke war derart mit seinen Gedanken beschäftigt, dass er das ratternde Dröhnen erst vernahm, als es schon so laut war, dass James Carter aufwachte und flüsternd fragte, was los sei.

Luke sprang auf die Beine.

»Der Helikopter!«, sagte er und kroch, so schnell er konnte, aus dem Loch. Tatsächlich tauchte im hellen Grau des Schneegestöbers der Helikopter auf. Er flog den Hügelkamm entlang, etwa zwanzig Meter über der Felskette, deren Zacken aus dem Schnee ragten. Das Rattern des Motors erfüllte die Luft. Der Helikopter drehte leicht ab und neigte sich dabei zur Seite. Luke konnte hinter dem gebogenen Kuppelglas schwach die Umrisse zweier Gestalten erkennen.

»Oberleutnant Edwards«, schrie er zu der dröhnenden Maschine hinauf, die wie ein fremdartiges Wesen aus dem All über den Felszacken schwebte.

»Hierher!«, rief Luke und schwenkte beide Arme, während er versuchte aus der Mulde zu laufen. Er fiel hin und kroch auf allen vieren durch den Schnee, bis zum Felsen, wo er am Morgen den Wolf gesehen hatte. Dort erhob er sich. Er zog eilig seinen Parka aus und wirbelte ihn über dem Kopf durch die Luft. »Hierher! Hierher!«, schrie er dabei immer wieder, aber das Rattern und Dröhnen des Helikopters übertönte ihn. Schon sah es aus, als ob der Helikopter mit einem kurzen Aufwärtsschwung davonfliegen wollte, als er plötzlich beidrehte. Das Gesicht von Oberleutnant Edwards erschien dicht am Glas. Luke schwenkte den Parka mit beiden Händen auf und ab, bis der Helikopter tiefer kam. Die Seitentür öffnete sich und Jennifers Mutter winkte herüber.

»Alles in Ordnung, Luke?«, rief sie. Er konnte sie kaum verstehen, bedeutete ihr aber durch Kopfnicken, dass er wohlauf war.

Oberleutnant Edwards flog eine verschneite Hügelkuppe an und ließ den Helikopter genau darüber in der Luft stehen, bis die Rotorblätter den Schnee ziemlich weggefegt hatten. Dann setzte er ab.

Luke kroch zum Loch zurück. In der Höhle blickte James Carter aus fiebrigen Augen zu ihm auf.

»Ist dein Vater zurück?«, fragte er keuchend.

»Es ist Oberleutnant Edwards, Mr Carter«, frohlockte Luke. »Keine Sorge, jetzt bringen wir Sie nach Cedar Creek, wo man sich um Sie kümmern wird.«

»Danke, Junge«, stieß James Carter leise hervor, aber Luke hatte sich schon wieder abgewandt, langte nach den Schneeschuhen, die neben dem Loch im Schnee steckten, und zog sie hastig an. Dann stapfte er zum Helikopter hinüber, wo Oberleutnant Edwards Jennifers Mutter herunterhalf.

»Luke!«, rief Jennifers Mutter, als sie ihn herankommen sah. »Gott sei Dank, dass wir euch gefunden haben. Wo ist dein Vater?«

Luke blieb so plötzlich stehen, als wäre er gegen eine unsichtbare Mauer gelaufen. Er starrte Jennifers Mutter an, dann Oberleutnant Edwards, der dabei war, seine Schneeschuhe anzuziehen. Er hob den Kopf.

»Was ist, Luke?«, fragte er forschend.

Luke schluckte. »Ich dachte, er hat euch gesagt, wo ihr uns finden könnt.«

»Nein, wir sind kreuz und quer geflogen. Ich dachte, dass euch die Felsen hier Schutz bieten könnten, und da sah ich die Spuren, die zum Wald hinüberführen. Wo ist dein Vater, Luke?«

»Er ist Mr Bent nachgegangen«, stieß er stockend hervor. »Er wollte vor dem Dunkelwerden die Hütte am Windy Point erreichen.«
Oberleutnant Edwards und Jennifers Mutter wechselten einen kurzen Blick. Dann richtete sich Edwards auf und kam auf seinen Schneeschuhen herüber. »Und Mr Carter, Luke?«, fragte er.
Luke zeigte über die Schulter zurück. Seine Kehle war plötzlich so trocken, dass die Zunge am Gaumen klebte. In seinem Kopf wirbelten Gedanken durcheinander, die ihm schreckliche Angst einjagten.
»Vater ist in der Hütte am Windy Point«, stieß er schließlich hervor. »Der Blizzard ist erst kurz vor Einbruch der Dunkelheit ...« Luke brach ab. Er wusste, dass sie seinen Vater in der Hütte am Windy Point nicht angetroffen hatten. Luke senkte den Kopf. Sein Vater war tot. Erfroren im Blizzard und begraben im tiefen Schnee, bis der Frühling ins Land kam. Er spürte, wie ihm die Tränen in die Augen stiegen.
Oberleutnant Edwards kam herüber und legte einen Arm um seine Schultern.
»Luke«, sagte er sanft.
Luke hob den Kopf und wischte sich mit dem Handschuh über das Gesicht.
»Es stieg kein Rauch aus dem Kamin der Hütte. Deshalb bin ich nicht gelandet. Es kann gut sein, dass sie irgendwo in der Nähe waren. Im Wald vielleicht.«
Das klang nicht sehr überzeugend. Luke holte tief Luft. Er blickte zu Jennifers Mutter hinüber. Sie hob in einer hilflosen Bewegung die Schultern.

»Es kann gut sein, dass sie es inzwischen geschafft haben, Luke«, sagte sie. »Wir fliegen zur Hütte zurück. Vielleicht sind sie jetzt dort.«

»Mr Carter braucht einen Arzt«, sagte Luke. Er bemühte sich seiner Stimme einen festen Klang zu geben.

»Was ist mit ihm?«, fragte Oberleutnant Edwards.

»Er hat Fieber und schlimme Schmerzen. Manchmal kann er kaum mehr atmen. Deshalb ist Mr Bent allein weitergegangen. Vater wollte ihm nachgehen, damit er sich nicht verirrt, und ich blieb bei Mr Carter.«

Oberleutnant Edwards nahm seinen Arm von Lukes Schultern. »Gut, Luke, kümmern wir uns um Carter und dann suchen wir nach deinem Vater, bis wir ihn finden. Und wenn er den Blizzard überlebt hat, dann finde ich ihn. Darauf kannst du dich verlassen.«

Luke würgte einen Kloß hinunter und ging voran zurück zum Loch. Unten, in der Schneehöhle, saß James Carter aufrecht in seinem Schlafsack. Sein Gesicht war leichenblass, aber seine Augen leuchteten auf vor Freude, als er Oberleutnant Edwards erkannte.

Halb schleifte er ihn, halb trug er ihn. Und manchmal brach er unter der schweren Last zusammen und dann kamen die Wölfe.

Irgendwo hatte er den Rucksack zurückgelassen. Dann das Gewehr. Vielleicht hätte er das Gewehr mitnehmen sollen. Er hätte sich damit zur Wehr setzen können. Er hätte einen von ihnen töten können, oder zwei. Die anderen hätten dann aufgegeben. Aber jetzt wurden sie immer frecher. Sie kamen ihm oft so nahe, dass sie nach den Füßen von

George Bent schnappten, die er durch den Schnee schleifte. Und wenn er vor Erschöpfung nicht mehr weiterkonnte, umkreisten sie ihn. Die Kreise wurden immer enger, und wenn er nicht aufpasste, versuchten sie nach ihm zu beißen, und dann spürte er ihren heißen Atem auf der Haut, und Schneeklumpen flogen ihm ins Gesicht, wenn sie von ihm wegsprangen, als hätte er die Kraft gehabt, sie mit einem Faustschlag zu verletzen.

Es waren nur sechseinhalb Kilometer zum Windy Point, aber Tom Prestridge erschienen sie endlos. Die Zeit stand still. Oft wollte er aufgeben. Einfach liegen bleiben. George Bent hätte vom Sterben kaum etwas gemerkt. Er war die meiste Zeit ohnmächtig. Nur manchmal wachte er auf, ohne dass er bei klarem Verstand war. Er stöhnte nur, lallte Worte, die Tom Prestridge nicht verstehen konnte.

Tom Prestridge wusste nicht, wie lange George Bent im Schnee begraben gewesen war. Er hatte ihn zufällig gefunden, als es längst Tag war. Stunden, während deren er sich wie ein Maulwurf durch den Schnee nach oben gegraben hatte. Im Morgengrauen war er endlich draußen. Und dann begann er nach George Bent zu suchen. Er fand zuerst nur einen Handschuh. Dann die rote Mütze, die Bent unter der Kapuze seines Parkas getragen hatte. Schließlich, es war gegen Mittag, stieß er auf Bent, knapp einen Meter unter der Schneeoberfläche, steif wie ein Brett, schon beinahe erfroren.

Wenig später hörte Tom Prestridge den Helikopter. Er nahm seine Leuchtpistole aus dem Futteral und schoss einen roten Lichtball in das Schneegestöber hinaus. Der Leuchtball verglühte und niemand sah ihn, nicht einmal er selbst. Und das Rattern des Helikopters wurde leise, bis es schließlich erstarb.

Tom Prestridge glaubte es später noch einmal zu hören. Weit entfernt. Das war, als er den Uferwald am Taseko Lake erreichte. Dort ließ er George Bent liegen und grub im Schnee herum, bis er einen dicken abgebrochenen Ast fand, der ihm als Knüppel dienen konnte. Damit drang er auf die Wölfe ein, die über George Bent herfallen wollten, und er traf einen von ihnen so hart ins Kreuz, dass er die Knochen brechen hörte, während er vom Schwung selbst herumgerissen wurde und in den Schnee fiel.

Jetzt ließen die Wölfe von ihm ab und er schleifte George Bent durch den Wald. Irgendwo in der Nähe musste sich die alte Trapperhütte befinden. Tom Prestridge versuchte sich zu orientieren. Er entschied sich nordwärts zu gehen und schließlich gelangte er ans Ufer einer Landnase, die weit in die glatte, blendend weiße Schneedecke hinausragte, die über dem zugefrorenen Taseko Lake lag. Unberührt, so schien es erst. Aber als sich Tom Prestridge keuchend aufrichtete, sah er eine schwache Linie, die sich von der Uferböschung in den See hinauszog. Er lehnte den bewusstlosen Bent gegen einen Baumstamm und kroch am Ufer entlang bis zur Stelle am Waldrand, wo die Linie begann. Dort kniete er nieder. Ungläubig blickte er die leicht verschneite Fährte entlang, die über die Uferböschung hinunterführte und weit draußen im glatten Weiß verschwand. Es war die Fährte des Grizzlys. Tom Prestridge erkannte sie an den Abdrücken der mächtigen Pratzen.

Die Wölfe stoben in alle Richtungen auseinander, als Oberleutnant Edwards den Helikopter so tief über sie hinwegflog, dass die Kufen beinahe den Schnee berührten. Er zog den Helikopter sofort wieder hoch und schaffte es haarscharf, zwischen den Wipfeln einiger Bäume hindurchzukommen. Für einen Moment hielt Jennifers Mutter den Atem an, und da unter dem Helikopter ohnehin alles in einer wirbelnden Schneewolke verschwand, schloss sie die Augen. Als sie sie wieder öffnete, breitete sich vor ihnen der Taseko Lake aus, glatt und weiß, wie ein leeres Blatt Papier, nur ohne Ränder. Erst als Oberleutnant Edwards den Helikopter in eine weite Kurve zog, tauchte zur Rechten eine lange, dünn bewaldete Landzunge auf, die weit in die schneebedeckte Eisfläche hinausragte.
»Dort drüben befindet sich die Trapperhütte«, erklärte Oberleutnant Edwards und deutete mit dem Daumen zu einer kleinen Bucht hinüber, um die sich die Landzunge herumzog.
Aber Luke hatte unterdessen etwas anderes entdeckt, was seine Aufmerksamkeit auf sich lenkte. Hart am Ufer des Sees, dort, wo einige kahle Espen schräg von der Böschung abragten, lag ein Tier, das sich nicht bewegte. Luke ergriff das Fernglas, stellte es auf die richtige Entfernung ein und traute seinen Augen nicht. Das war kein Tier dort unten. Das war George Bent, der halb aufgerichtet an einem Baum lehnte.
»Bent ist dort unten!«, rief Luke. »Bei den Espen.«
Jetzt entdeckte ihn auch Oberleutnant Edwards. Und Jennifers Mutter rutschte auf den Knien herüber und kauerte neben Luke nieder. Luke gab ihr das Fernglas.

»Tatsächlich«, sagte Jennifers Mutter mit angehaltenem Atem, als sie George Bent im Glas hatte. Oberleutnant Edwards zog den Helikopter herum. »Dort drüben ist eine Spur, Luke«, rief er ohne sich umzudrehen. »Sie führt auf den See hinaus.« Luke blickte in die angegebene Richtung. Schwach konnte er die Fährte sehen. Keine Menschenfährte. Dazu war sie zu breit.

»Tom!«, rief Jennifers Mutter. »Dort ist dein Vater, Luke. Dort unten! Und er lebt.« Luke entriss ihr beinahe das Glas. Es dauerte einige Sekunden, bis er seinen Vater sehen konnte. Er stapfte langsam durch den Tiefschnee das Ufer entlang und jetzt hob er den Kopf und beide Hände. Er winkte und verlor dabei das Gleichgewicht. Er fiel der Länge nach hin und blieb eine Weile regungslos liegen, bevor er wieder auf die Beine kam. Luke sah, wie sich sein Gesicht zu einem breiten Lachen verzog, während er wie ein Betrunkener schwankend am Seeufer stand. Luke kamen vor Freude die Tränen. Er konnte es kaum erwarten, bis der Helikopter auf der Eisdecke landete, und er sprang als Erster hinaus und rannte in einer Wolke von Schneestaub zur Uferböschung hinüber, wo sein Vater eben wieder versuchte auf die Füße zu kommen. Luke half ihm hoch und sein Vater stützte sich keuchend auf ihn, als Jennifers Mutter herüberkam und Oberleutnant Edwards.

»Was ist mit Carter?«, fragte Tom Prestridge mit krächzender Stimme.

»Er liegt im Helikopter und braucht dringend ärztliche Hilfe, Tom«, sagte Jennifers Mutter. Sie blickte ihn besorgt an, weil sie die Frostbeulen in seinem Gesicht sehen konnte und dass er sich vor Erschöpfung kaum mehr auf den Beinen halten konnte. Er löste sich von Luke und deutete das Ufer entlang.

»George ist halb tot«, sagte er mit herausgepresstem Atem. »Ich habe ihn im Sturm verloren. Heute Morgen fand ich ihn unter dem Schnee. Ich würde ihn nach Williams Lake fliegen, Vince.«

»Das war ohnehin meine Absicht. Komm, Luke, wir tragen Mr Bent zum Helikopter. Ehrlich gesagt, Tom, ich rechnete nicht mehr damit, euch lebend anzutreffen. Wir sahen die Wölfe, aber keine Spur von euch.«

Luke folgte dem Oberleutnant zur Stelle, wo George Bent am Baum lehnte. Sie hoben ihn vorsichtig hoch und trugen ihn zum Helikopter. Er erwachte nicht einmal aus seiner Ohnmacht. Jennifers Mutter umhüllte ihn mit Decken. James Carter konnte es nicht fassen, dass Bent überhaupt noch lebte. »George«, flüsterte er eindringlich, aber dieser hörte ihn nicht.

Oberleutnant Edwards beugte sich aus dem Helikopter und streckte Tom Prestridge die Hand entgegen. »Steig ein, Tom«, forderte er ihn auf. »Je schneller wir die Kabine dicht haben, desto eher wird es warm darin.«

Tom Prestridge stand einige Schritte weit entfernt, schief, die Lippen zusammengepresst. Einen Moment blickte er den Oberleutnant schweigend an, dann öffnete er den Mund.

»Hast du die Fährte des Grizzlys gesehen, die auf den See hinausführt, Vince?«, fragte er etwas zögernd.

Oberleutnant Edwards kniff die Augen leicht zusammen.

»Tom, wir verlieren zu viel Zeit«, sagte er. »Komm!«

»Ich bleibe hier, Vince. Das ist ein guter Platz hier. Hast du Proviant mitgebracht?«

Luke, der schon eingestiegen war, hörte die Worte seines Vaters. Er blickte kurz Jennifers Mutter an und diese schüttelte fassungslos den Kopf. »Du bist verrückt, Tom Prestridge!«, rief sie und drängte sich an Luke vorbei zum Eingang. »Du brauchst selbst Hilfe. Es hat absolut keinen Sinn mehr, hinter dem Bären herzulaufen! Entweder verendet er in den Bergen oder er verkriecht sich irgendwo für den Rest des Winters.«

»Er ist verletzt und er hat Schmerzen«, sagte Tom Prestridge ruhig. »Außerdem ist er hungrig. Frag Vince, was passieren kann, wenn er irgendwelchen ahnungslosen Menschen begegnet.«

»Hier sind keine ahnungslosen Menschen! Hier ist überhaupt nichts! Nur Schnee, Eis und Wölfe. Tom, sei vernünftig! Wir fliegen nach Williams Lake, und falls du dich in ein paar Tagen besser fühlst ...«

»Dort drüben, auf der anderen Seite des Sees, leben Menschen in einem Dorf«, unterbrach Tom Prestridge Jennifers Mutter.

»Das Chilcotin-Dorf. Ich weiß. Der Bär wird dem Dorf ausweichen. Die Leute sehen ihn vielleicht und erlegen ihn.«

»Sie schießen keinen Bären. Ein Bar ist für sie eine Schutzmacht. Wenn sie ihn sehen, halten sie ihn für einen Geist.« Tom Prestridge brachte es fertig, knapp zu grinsen. »Geister lassen sich schlecht erlegen.«

»Sei kein Narr, Tom Prestridge!«, stieß sie wütend hervor. »Denk an das, was dieser Mensch vom Spirit Lake dir angedroht hat.«

»Ich bleibe einen Tag in der Hütte. Dann bin ich ausge-

ruht. Außerdem wird das Wetter vielleicht besser. Alles, was ich brauche, ist Proviant, ein Gewehr und Schneeschuhe. Luke, was ist mit deinem Gewehr?«
Luke rührte sich nicht. Er konnte seinen Vater nicht sehen, weil Jennifers Mutter und Oberleutnant Edwards an der Öffnung kauerten.
»Luke!«
»Ja.«
»Reich mir dein Gewehr heraus!«
Luke ergriff sein Gewehr und den großen Rucksack, der seinem Vater gehörte. Jennifers Mutter wollte ihn zurückhalten, aber er drängte sich an ihr vorbei. Er warf den Rucksack hinunter und sprang hinterher.
»Versuch lieber nicht, mich wegzuschicken«, sagte er, nachdem er sich aufgerichtet hatte und den Rucksack an einem Schulterriemen aus dem Schnee zog.
Sein Vater schwieg und Luke zog den Rucksack durch den Schnee bis zu ihm hin. Dort drehte er sich dem Helikopter zu. Oberleutnant Edwards schüttelte ärgerlich den Kopf.
»Ich kann euch nicht daran hindern, hier zu bleiben«, stieß er grimmig hervor. »Tom, man hat die letzten Beobachtungsposten vom Slocan Peak abgezogen, weil der Berg jeden Moment ausbrechen kann. Sobald das Wetter es zulässt, wird man versuchen die Chilcotin-Indianer zu evakuieren und Cedar Creek zu räumen. Was hat es für einen Sinn, hinter einem Grizzly herzulaufen, der so oder so umkommt?«
»Niemand weiß, ob der Berg überhaupt ausbricht, Vince. Der Grizzly aber ist eine Gefahr, die wir kennen. Er hat

einen Menschen getötet. Auf der anderen Seite des Sees erwischt er vielleicht ein Kind, das draußen spielt. Oder eine alte Frau, die Feuerholz in ihre Hütte holen will. Und wenn er sich satt gefressen hat, entschließt er sich vielleicht, talwärts zu gehen, weil er weiß, dass er in den Bergen umkommen würde und dass im Tal leichter Beute zu machen ist.«

»Und wenn das alles nicht passiert, Tom?«, fuhr Jennifers Mutter auf. »Wenn er da oben einfach verendet?« Tom Prestridge hob die Schultern. »Das ist wie mit dem Slocan Peak, Ann«, sagte er. »Niemand kann die Gefahr genau abschätzen. Der Unterschied ist nur, dass niemand den Berg daran hindern kann, auszubrechen, während ich die Möglichkeit habe, den Grizzly zu erschießen, bevor er noch weiteren Schaden anrichtet.«

»Dann überlasse ihn Dogrib-Joe«, sagte Oberleutnant Edwards scharf. »Der wird ohnehin inzwischen Jagd auf ihn machen. Tom, je näher du den Bergen kommst, desto gefährlicher wird es für dich.«

»Ich weiß.«

»Und die Indianer vom Dorf sind uns auch nicht gerade freundlich gesinnt«, sagte Jennifers Mutter.

»Ich hatte nie Ärger mit ihnen«, gab Tom Prestridge zurück und Luke hörte diesen scharfen, metallischen Ton in der Stimme seines Vaters nicht zum ersten Mal. »Sie kennen mich und gehen mir aus dem Weg.«

Vince Edwards sah ein, dass er Tom Prestridge nicht umstimmen konnte. Jennifers Mutter versuchte es noch einmal, allerdings auch ohne Erfolg. Schließlich gab sie es auf. »Es hat ja doch keinen Sinn«, stieß sie heftig hervor. »Wir

haben zwei Männer, die dringend Hilfe brauchen. Oberleutnant, wir sollten nicht länger warten.«
Edwards nickte. »Ich habe Proviant mitgebracht«, sagte er. »Ich werfe das Zeug bei der Hütte ab.« Er zog die Tür zu und verschwand für einen Moment. Dann tauchte er noch einmal auf und öffnete die Tür einen Spalt. »Wenn es das Wetter zulässt, fliege ich jeden Mittag Punkt zwölf über die Hütte hinweg, Tom. Es könnte allerdings sein, dass ich den Befehl kriege, außer Reichweite des Slocan Peak zu bleiben. Dann bist du auf dich allein gestellt.« Er reichte Tom Prestridge ein Gewehr. »Pass auf dich und deinen Jungen auf, Tom.«
Tom Prestridge lächelte schwach.
»Wir kommen raus«, erwiderte er so bestimmt, als gäbe es überhaupt keine andere Möglichkeit. Oberleutnant Edwards warf Lukes Schneeschuhe und sein eigenes Paar heraus, bevor er die Tür endgültig zumachte und verriegelte. Tom Prestridge und Luke brachten sich unter den Bäumen in Sicherheit und schauten zu, wie sich die Rotorblätter zu drehen anfingen und der Motor aufheulte. Schnee wirbelte hoch und hüllte den Helikopter ein. Erst als er schon hoch über dem See schwebte, konnten sie ihn wieder sehen. Luke hob die Hand und winkte Oberleutnant Edwards, dessen Gesicht er hinter dem Glas schwach erkennen konnte. Jennifers Mutter zeigte sich nicht.

Die Hütte hatte einen Kamin aus Steinen, und obwohl durch die Fugen und Ritzen der Wind in den kleinen Raum drang, wurde es schnell warm, nachdem sie ein Feuer entfacht hatten.

Zu zweit hatten sie vorher die beiden Kisten hereingeschleppt, die Oberleutnant Edwards vor der Hütte abgeworfen hatte. Sie mussten sie aus dem Schnee graben und in einer davon fand Tom Prestridge zwei Wasserflaschen aus Blech, die Whisky enthielten. Die erste Zeit redeten sie nichts. Draußen wurde es schnell dunkel. Die Wölfe heulten. Manchmal kamen sie ganz in die Nähe der Hütte.

Auf dem roh gezimmerten Tisch stand eine alte Petroleumlampe. Die Hütte war zwar seit Jahren unbewohnt, aber ab und zu wurde sie von Jägern benutzt, die immer dafür sorgten, dass genug Feuerholz vorhanden war und Petroleum für die Lampe, Kochgeschirr und ein paar Blechtassen. Sonst nichts. Die Mäuse hatten die Fußbodenbretter und die Wände durchfressen. Selbst die Bettstellen hatten Löcher und die Pfosten waren angenagt. An den Dachbalken hingen Drähte, an denen man Kleidungsstücke und Proviantbeutel aufhängen konnte, damit sie über Nacht von den Mäusen verschont blieben.

Die Hütte hatte nur ein kleines Fenster zum Seeufer hin. Es war aber innen und außen faustdick mit Eis bedeckt, und obwohl es in der Hütte warm wurde, taute nicht einmal das Eis im Innern auf.

Nach dem Essen verließ Luke die Hütte kurz. Es schneite nicht mehr und der Mond schien schwach durch die lichte Wolkendecke. Während Luke in den Schnee pinkelte, sah er einen Schatten am Rand der Lichtung auftauchen. Er bewegte sich zu einer Stelle hinüber, wo das Gelände zum Ufer hin abfiel. Dort, im fahlen Mondlicht, verharrte er und blickte herüber. Es war der dreibeinige Wolf. Luke konnte seine Augen leuchten sehen. Er ging in die Hütte zurück. Sein Vater hockte auf der Lagerstatt und rieb seine Füße mit Whisky ein. Seine Zehen waren weiß. In einigen hatte er kein Gefühl mehr. Als Luke eintrat, hob er den Kopf. Seine Augen glitzerten ein bisschen. Er hatte getrunken. Das sah ihm Luke sofort an. Er trank nie viel und manchmal hatte er schon nach zwei, drei Gläsern mehr als genug.

»Willst du 'nen Schluck?«, fragte er. Luke schüttelte den Kopf.

Sein Vater lachte heiser auf. »Das Zeug wärmt von innen«, sagte er.

Minuten vergingen. Es war für sie beide noch nie einfach gewesen, miteinander zu reden. Tom Prestridge war mit seinen Füßen beschäftigt. Luke hängte den Rucksack auf.

»Könnte gut sein, dass Bent es nicht schafft«, sagte Tom Prestridge plötzlich und ohne aufzublicken. »Ich habe ihn mindestens fünf Kilometer weit geschleppt. Die Wölfe hofften wohl, dass ich ihn liegen lassen würde.«

»Ich sah einen Wolf, der unter einem Felsen, dicht bei unserer Höhle, die Nacht verbrachte«, sagte Luke. »Er hat nur drei Beine.«

»Ein Außenseiter«, sagte Tom Prestridge und hob den Kopf. »Ist es der, der draußen herumschleicht?«

Luke hatte keine Ahnung, wie sein Vater wissen konnte, dass der dreibeinige Wolf draußen war. Vielleicht hatte er ihn schon gesehen, als sie die Kisten in die Hütte schleiften.

»Ich stand einige Schritte vom Eingang der Höhle entfernt, als er sich plötzlich aus dem Schnee befreite«, sagte Luke, während er zum Kamin hinüberging. Er ließ sich auf die

Fersen nieder und legte ein paar Holzscheite ins Feuer. Funken stoben auf, als ein Harzknoten in der Glut zersprang. Das Feuer brannte auf seinem Gesicht.
»Der Wolf fürchtete sich. Und ich redete mit ihm.«
»Hattest du dein Gewehr dabei?«
»Nein. Das lag in der Höhle. Aber der Wolf wollte nichts von mir. Als ich mit ihm redete, drehte er um und trottete davon.« Luke richtete sich auf. Der Flammenschein flackerte über dem Gesicht seines Vaters, das vom Frost schlimm zugerichtet war. »Carter dachte, ich hätte durchgedreht und mit mir selbst geredet«, sagte Luke. »Er hat gesagt, dass das leicht möglich wäre, weil schon bei meiner Mutter etwas nicht gestimmt hätte.«
Tom Prestridge senkte den Kopf. Er massierte seine Füße so sorgfältig und konzentriert, dass Luke für einen Moment nicht sicher war, ob ihn sein Vater überhaupt verstanden hatte.
Luke erhob sich. Sein Schatten fiel über die Lagerstatt, auf der sein Vater saß. Er ging zum Rucksack, nahm ein kleines Stück Trockenfleisch. Ohne sich um seinen Vater zu kümmern öffnete er die Tür und verließ die Hütte. Der dreibeinige Wolf stand am Waldrand. Das Geheul des Wolfsrudels, das sich in der Nähe herumtrieb, hallte durch den Wald und auf den See hinaus. Luke kauerte nieder und streckte die Hand mit dem Fleischstück aus.
»Wie kommt es, dass du mich gefunden hast, obwohl ich keine Fährte hinterlassen habe?«, fragte Luke halblaut.
Der Wolf rührte sich nicht.
Irgendwie hatte Luke ein merkwürdiges Gefühl in der Magengegend. Der Wolf war ein außergewöhnlicher Wolf.

Nicht nur war er ein Außenseiter, er schien auch die Nähe der Menschen zu suchen. Oder seine Nähe. Luke wusste es nicht.

»Mein Vater weiß auch, dass du da bist«, sagte Luke. »Woher kommst du? Kennst du vielleicht die Geschichte von meinem Vater und meiner Mutter? Kaum. Du bist jünger als ich, nicht wahr?«

Luke blickte lange zu dem Wolf hinüber, der ihm keine Antwort geben konnte. Und der Wolf bewegte sich die ganze Zeit nicht. Er schien fast darauf zu warten, dass Luke sich erheben und zu ihm kommen würde. Als Luke jedoch aufstand, trottete er den Waldrand entlang davon. Luke legte das Fleischstück auf einen Baumstumpf, der neben der Hüttentür aus dem Schnee ragte. Dann betrat er die Hütte. Sein Vater lag im Schlafsack. Er hatte die Augen geschlossen. Die Petroleumlampe auf dem Tisch war ausgegangen. Luke begann sein Lager zurechtzumachen.

Luke lauschte nach draußen. Ganz leise vernahm er ein kratzendes Geräusch an der Tür. Der Wolf war da. Obwohl er ihn nicht sehen konnte, spürte er seine Nähe.

»Der Wolf ist vor der Tür, Luke«, sagte sein Vater plötzlich.

Luke gab ihm keine Antwort. Er lag still und er hörte seinen Vater atmen. Das Feuer knisterte. Es war warm in der Hütte.

»Wir kamen alle zusammen in dieses Land, Luke«, sagte Tom Prestridge. »Deine Mutter, Joe und ich. Und Chuck. Wir waren die Ersten hier. Lange bevor die Straße herführte. Lange bevor die Nächsten kamen und anfingen Holz zu machen. Chuck Henson war der Älteste von uns. Er war fast zehn Jahre älter als Joe. Deine Mutter war damals noch sehr jung. Sechzehn oder so. Wir wussten es nie genau. Sie wusste es selbst nicht.« Tom Prestridge redete nicht mehr weiter. Und Luke schwieg, voller Spannung. Er konnte es kaum erwarten, dass sein Vater mit der Geschichte fortfuhr. Zum ersten Mal fand er durch die Worte seines Vaters einen Weg zurück in seine Vergangenheit. Lange bevor er selbst existiert hatte. Lange vor dem Tag, als ihn sein Vater auf den Schultern durch den Wald trug und für ihn alles angefangen hatte.

»Joe und ich, wir wollten eigentlich zur See fahren. Wir waren auf dem Weg nach Vancouver. Trampten quer durch Manitoba und Saskatchewan. Unterwegs trafen wir Chuck Henson. Wir mussten aufpassen, dass uns die Zugleute nicht erwischten. Manche ließen uns mitfahren. Manche jagten uns davon. Man konnte nie sicher sein. Einmal wollte einer mit einem Knüppel auf Joe einschlagen. Chuck kam dazwischen und er erwischte den Mann am Ohr, und als der Mann von ihm wegflog, blieb ein Stück vom Ohr in Chucks Hand zurück. Das war in der Nähe von Winnipeg, bei einer Station, die Portage La Prairie hieß. Wir blieben eine Weile dort. Chuck fand nirgendwo Arbeit, weil er es im Kreuz hatte, aber Joe und ich kriegten einen Job auf einer Farm, Feldarbeit. Nach dem ersten Monat, als wir den Lohn wollten, schickte der Farmer seine Frau, um uns zu sagen, dass er knapp an Bargeld sei und wir uns noch einen Monat gedulden sollten. Wir arbeiteten noch einen Monat für ihn, aber als es dann ans Bezahlen ging, wollte sich der Farmer erneut drücken. Da verlor Joe die Geduld mit ihm. Er prügelte ihn windelweich, drang in das Haus ein und nahm eine Kassette mit, die Geld enthielt. Wir erwischten den nächsten Zug. In Brandon wartete schon die Polizei auf uns. Wir wurden alle drei verhaftet und man brachte uns nach Winnipeg zurück, und da nichts gegen Chuck vorlag, ließ man ihn frei. Joe wurde zu drei Monaten Haft verurteilt und ich zu einem Monat, wegen Mitwisserschaft und weil ich mich bei der Verhaftung widersetzt hatte. Tatsache war, dass ich einem der Mounties mit einem Faustschlag zwei Zähne ausschlug, und dafür konnte mich das Gesetz nicht ungeschoren davonkommen lassen.«

Wieder hielt Tom Prestridge inne. Luke konnte ihn atmen hören. Minuten verstrichen. Dann fuhr er plötzlich fort.

»Deine Mutter war ein hübsches Mädchen, Luke. Als ich sie das erste Mal sah, dachte ich, dass sie das schönste Mädchen auf der Welt sei. Und Joe dachte dasselbe. Wir standen auf dem Bahngleis und Chuck kam mit dem Mädchen an. Das war in Vancouver. Ich vergesse den Tag nie und den Anblick, den die beiden boten. Chuck hatte das Mädchen an der Hand, als wäre es seine Tochter. Und das Mädchen hüpfte neben ihm her und die Zöpfe tanzten bei jedem Sprung über ihre schmalen Schultern hoch. Sie trug ein neues weißes Kleid und weiße Kniestrümpfe, die ihr auf die Knöchel heruntergerutscht waren. Und in der einen Hand schwenkte sie die alte Seemannsmütze, die Chuck gehörte. ›Ich wusste gar nicht, dass Chuck hier Verwandte hat‹, sagte Joe und ich sagte, dass Chuck nie etwas von Verwandten gesagt habe. Wir konnten uns einfach nicht vorstellen, dass dieses fröhliche Mädchen nicht zu Chucks Familie gehörte, obwohl wir ja eigentlich wussten, dass Chuck gar keine Familie hatte. Und als Chuck mit dem Mädchen an der Hand vor uns stehen blieb, da grinste er uns an, als hätte er eine Goldader entdeckt, und sagte: ›Das ist Tony‹, und Joe sagte: ›Was ist denn das für ein Name, Tony‹, und Chuck grinste breit und sagte, dass das Mädchen eigentlich Antoinette hieße und dass es lieber ein Junge wäre und sich deshalb Tony nannte. So war das damals mit deiner Mutter, Luke. Sie blieb bei uns. Und sie war nicht verwandt mit Chuck. Sie hatte keinen Vater und keine Mutter und das Waisenhaus hat sie an eine Fabrik ausgeliehen, wo sie umsonst arbeitete, weil jemand vom Waisenhaus den Lohn direkt kassierte und ihr nie etwas davon abgab. Eines Tages ist sie davongelaufen und sie hat sich als Junge verkleidet und wollte sich unbedingt als Matrose anheuern lassen, als sie Chuck traf. Chuck überredete sie, lieber wieder ein Mädchen zu sein, und er ging mit ihr zum Hudson Bay Store in der Stadt und kaufte ihr ein Kleid und Schuhe und Strümpfe. Er kaufte ihr auch einen Strohhut mit Blumen drauf, aber den gab sie unterwegs einem Wagenpferd zu fressen. Und später, weil Tony jetzt bei uns war, entschieden wir, nicht zur See zu fahren, sondern nordwärts ins Hinterland, vielleicht bis nach Prince George hinauf, wo wir uns als Holzfäller anheuern lassen konnten oder als Arbeiter in der großen Papiermühle. Unterwegs, in Williams Lake, trafen wir dann einen alten Trapper, der vom Taseko Lake herunterkam, und der erzählte uns von seinem Leben und von der Wildnis, und Chuck sagte, dass er seine ganze Barschaft darum geben würde, ebenfalls ein Trapper zu sein. Er wollte unbedingt dorthin, wo der Trapper herkam, und der Trapper sagte, dass er die ganze Ausrüstung sowieso verkaufen wollte, und da kratzten wir alles Bargeld zusammen, das wir hatten, und obendrein gab ihm Chuck einen alten schwarzen Anzug und eine Taschenuhr, die Joe einem schlafenden Reisenden im Zug geklaut hatte. Wir erhielten dafür achtundzwanzig Schlageisen mit Ketten, und alle in einwandfreiem Zustand, eine Landkarte, die der alte Trapper selbst gezeichnet hatte, und einen Sack voll guter Ratschläge. Ich wollte eigentlich weiter nach Prince George, aber Joe, der als Einziger von uns schon Erfahrung mit der Wildnis gemacht hatte, entschied sich bei Chuck zu bleiben. Und Chuck sagte, dass Tony ebenfalls nicht nach Prince George gehen würde und dass es vielleicht ganz gut wäre, wenn ich allein weiterginge, weil ich sowieso dabei wäre, dem Mädchen den Kopf zu verdrehen. Da sagte ich okay, nahm meinen Rucksack und ging hinunter zur Bahnstation. Ich versteckte mich in einem Frachtwagen und gelangte unentdeckt nach Prince George. Dort blieb ich den Sommer hindurch und den Winter hindurch. Aber Tony ging mir nicht aus dem Sinn, und so, als der Frühling kam, fuhr ich zurück, und man sagte mir in Williams Lake, dass da draußen am Taseko Creek drei Verrückte überwintert hätten und dass es ein Wunder wäre, wenn sie alle noch am Leben wären, weil sie im Herbst vergeblich auf Kredit Proviant hätten einkaufen wollen. Mit dem Geld, das ich mir vom Lohn gespart hatte, kaufte ich mir ein Maultier mit Packsattel, Proviant, ein paar Flaschen Whisky und das schönste Kleid, das es in Williams Lake gab. Dann machte ich mich auf den Weg hinaus zum Taseko Lake, und als ich dort ankam, fand ich eine Hütte vor und Tony.

Joe und Chuck waren nicht da. Sie waren mit der Winterbeute unterwegs nach Prince George, da sie mit den Händlern in Williams Lake keine Geschäfte mehr machen wollten. Tony erzählte mir, wie sie den Winter verbracht hatten. Sie hatten Mäuse gegessen und Eichhörnchen und alles, was sie erwischen konnten. Und die Fallen blieben meistens leer, weil Chuck und Joe mit Fallen keine Erfahrung hatten und dauernd Fehler machten. Die Wölfe und die Füchse waren schlauer als sie. Trotzdem hatten sie ein paar gute Felle, die sie nach Prince George bringen wollten. Sie waren zu Fuß nach Williams Lake aufgebrochen und wahrscheinlich hatten wir uns unterwegs gekreuzt. Von Williams Lake wollten sie mit dem Zug weiter. Wir warteten eine Woche auf ihre Rückkehr. Zwei. Es wurde noch einmal kalt. Es schneite. Chuck und Joe kamen nicht zurück. Für deine Mutter und mich war es eine gute Zeit. Wir hatten genug zu essen. Das Kleid, das ich ihr mitgebracht hatte, war ihr zu klein. Erst während dieser Tage sah ich, wie schön sie wirklich war. Ich wurde mir klar darüber, dass nur sie es gewesen war, die mich dazu gebracht hatte, Prince George zu verlassen. Und dann kam der Tag, an dem die Sonne warm schien und wir durch den Wald liefen, hinunter zur Niederung, wo jetzt die Sägemühle steht. Und dort, im frischen Gras, legten wir uns hin und blickten zu den Wolken auf, die hoch am Himmel über die Berge hinwegzogen.« Tom Prestridge brach ab. Luke hörte, wie er sich auf seinem Lager bewegte.
»Luke«, sagte er dann leise und Luke hielt den Atem an.
»Luke, das war der Tag, an dem dein Leben begann.«
Luke merkte, wie ihm heiß wurde. Er legte die Hände vor

das Gesicht und schloss die Augen. So konnte er seine Mutter sehen, das Bild, das so lange auf der Kommode gestanden hatte; ein schmales hübsches Gesicht mit den dunklen Augen, die seine eigenen waren.

»Als Joe zurückkehrte, gab es Streit«, fuhr Tom Prestridge fort. »Es war schlimm. Chuck trat zwischen uns. Er hielt Joe davon ab, mich zu töten. Joe hatte den Verstand verloren, und als er wieder bei Sinnen war, nahm er sein Gewehr und verschwand. Wir wussten nicht, wohin er ging. Wir hörten lange nichts von ihm. Ein Jahr verging. Eines Tages erfuhren wir von einem Chilcotin-Jäger, dass ein weißer Mann in den Bergen lebte, den sie Dogrib nannten. Die Indianer wichen ihm aus, weil sie ihn für einen Freund der Erdgeister hielten. Wir vermuteten natürlich gleich, dass es sich bei dem Mann nur um Joe handeln konnte. Chuck machte sich sofort auf den Weg zum Spirit Lake. Als Joe ihn sah, schoss er mit dem Gewehr auf ihn und Chuck zog es vor, die Gegend schleunigst zu verlassen. Im nächsten Sommer brachte deine Mutter noch ein Mädchen zur Welt, das kurz nach der Geburt starb. Für deine Mutter war das ein furchtbares Unglück. Irgendetwas geschah mit ihr damals. Sie redete kaum noch. Sie aß nicht mehr viel. Sie wurde mager und krank und in dieser Zeit kam Joe zum ersten Mal aus den Bergen. Er verließ das Land und ich erfuhr erst später, wohin er gegangen war. Als er zurückkam, brachte er Jim und Bill mit. Aber das ist eine andere Geschichte, Luke. Ich erzähl sie dir später. Nachdem Joe zurückgekehrt war, tauchte er plötzlich in der Nähe von unserem Blockhaus auf. Chuck entdeckte ihn einmal, als er etwas vor die Tür legte. Es war eine

geschnitzte Holzpuppe in einem weißen Kleid. Er verschwieg es mir. Aber eines Tages war deine Mutter verschwunden. Wir suchten den ganzen Tag und die Nacht nach ihr und am nächsten Morgen fanden wir sie auf dem alten Indianerpfad, der nach Williams Lake führte. Und als sie uns sah, lief sie davon, bis sie so erschöpft war, dass sie hinfiel. Wir brachten sie zurück zur Hütte, aber sie war nicht mehr sie selbst. Ich wollte sie nach Williams Lake zu einem Arzt bringen. Unterwegs lauerte uns Joe auf. Er hielt mir sein Gewehr unter die Nase und drohte mir mich zu töten, falls Tony etwas passierte.«
Luke lag stocksteif im Bett. Er hörte sein eigenes Herz schlagen, als sein Vater schwieg. Ganz deutlich konnte er sich alles vorstellen. So als wäre er selbst dort gewesen. Und eigentlich hatte er es ja selbst erlebt. Wie das Land und die Berge, die allmählich sichtbar wurden. So wie sich der Dunst in der Morgensonne auflöste, tauchte eine Vergangenheit auf, von der er nicht die leiseste Ahnung gehabt hatte.
»Ich konnte deine Mutter nicht Tag und Nacht bewachen, Luke«, hörte er seinen Vater sagen. »Chuck versprach mir sie nicht aus den Augen zu lassen, solange ich die Fallenstrecke abging. Aber eines Tages im Winter ging sie weg, ohne dass Chuck etwas davon merkte. Ich kam am Abend nach Hause und wir suchten die ganze Nacht hindurch nach ihr. Am nächsten Tag trug ich dich auf den Schultern durch den Wald, kreuz und quer. Es hat dir viel Spaß gemacht, Luke. Du hast geschrien vor Freude und Zapfen von den Zweigen der Bäume gerissen. Du hast nicht gewusst, dass wir durch die Wälder hetzten, weil deine Mutter weggelaufen war.«

Luke spürte den Kloß in seiner Kehle. Das musste der Tag gewesen sein, an den er sich so deutlich erinnerte. »Wir haben sie nicht gefunden, nicht?«, fragte er stockend.
Sein Vater schüttelte den Kopf. »Nein, Luke, wir haben sie nicht gefunden. Ich ging bis zum Taseko Lake hinauf. Ich wollte zum Spirit Lake weiter, durch das Tal des Todes. Ich wollte Joe in die Augen sehen und nach deiner Mutter fragen. Ich dachte, dass er etwas mit ihrem Verschwinden zu tun haben könnte. Der Taseko Lake war zugefroren. Ich traf Joe am anderen Ufer im Dorf der Chilcotin-Indianer. Er musste auf mich gewartet haben. Er sagte mir, dass er mich töten würde, wenn ich zum Spirit Lake käme. Da fiel ich über ihn her und ich versuchte ihn zu töten, aber er war stark und er hatte Freunde bei sich. Sie entrissen mir das Gewehr und dann jagten sie mich davon.«
»Und Mutter?«
»Wir haben sie nie mehr gesehen. Keine Spur von ihr. Nur einmal, drei Jahre später, brachte er den toten Fisch zu dieser Hütte hier. Vielleicht erinnerst du dich noch daran, Luke. Wir sind damals zum Fischen hierher gekommen.«
Luke setzte sich auf.
»Der Fisch, der einen Perlenohrring im Maul hatte«, sagte er leise und so, als müsste er jedes Wort hervorwürgen.
»Ja. Der Ohrring gehörte deiner Mutter, Luke. Ich bin sicher, dass Joe den Fisch vor die Tür gelegt hat, aber ich weiß nicht, ob deine Mutter damals diesen Ohrschmuck getragen hat, als sie weglief, oder ob ihn Joe bei einem seiner heimlichen Besuche gestohlen hat.«
»Dachtest du damals nicht, dass meine Mutter vielleicht noch am Leben ist?«

»Nein. Ich war überzeugt, dass deine Mutter in der Kälte ums Leben gekommen war, Luke. Es steht fest, dass sie nie im Dorf der Chilcotin war. Die Indianer hätten darüber geredet. Sie ist auch nie in Williams Lake aufgetaucht und nirgendwo sonst. Chuck und ich, wir haben überall nach ihr gefragt, und wir haben Vermisstenanzeigen aufgegeben. Die Mounties haben wochenlang nach ihr gesucht.«

»Trotzdem weißt du nicht sicher, dass sie tot ist?«, fragte Luke leise.

»Ich bin sicher, dass sie tot ist.«

»Aber du weißt es nicht.«

»Nein.«

Luke holte tief Luft. Beinahe wurde ihm schwindelig, so wild wirbelten die Gedanken in seinem Kopf durcheinander. Er starrte seinen Vater an, ohne dass er sein Gesicht sah. Deutlich konnte er jedoch Dogrib-Joe und seine beiden Söhne sehen, die aus dem Gestrüpp kamen, nachdem er den Elch erlegt hatte. Das heimtückische Grinsen im runzeligen Gesicht des Alten. Die bösen Augen Jims. Und der schwachsinnige Bill mit dem Gewehr in den Händen, das ihm sein Vater gab, als wäre es ein Spielzeug. Luke zuckte zusammen, als sein Vater ihm die Hand auf den Arm legte.

»Deine Mutter ist tot«, sagte er.

Luke schüttelte den Kopf. Seine Augen füllten sich mit Tränen. »Warum hast du mir die Geschichte nie erzählt«, stieß er mit erstickter Stimme hervor.

»Weil nicht die Zeit dafür war, Luke.« Tom Prestridge lächelte schwach. »Du hast mich heute gefragt, Luke. Deshalb ist heute die Zeit und nicht gestern. Erinnerst du dich?

Vor drei Tagen, als wir das Fleisch zu Tale trugen, hast du mich nach dem Bild gefragt.«

»Ja.«

»Du hast mich nicht nach deiner Mutter gefragt, Luke. Du hast mich nach dem Bild gefragt.«

Luke schluckte.

»Ich hatte Angst, die Wahrheit zu erfahren«, sagte er und wischte sich die Tränen von den Wangen. »Ich wusste, dass es Lügen sind, die die Leute erzählen. Und trotzdem hatte ich Angst vor der Wahrheit.«

»Jetzt kennst du sie, Luke. Du bist der Einzige, der sie kennt. Außer mir. Chuck ist tot. Und Joe hat sich eine Lüge eingeredet. Viel Zeit ist vergangen, Luke, und die Wunden waren vielleicht vernarbt, bevor der Grizzly Jim riss. Jetzt ist alles wieder so wie früher.«

»Bist du deswegen nicht mit dem Helikopter nach Williams Lake geflogen?«

Tom Prestridge senkte den Kopf. Für einen Moment presste er die Lippen fest zusammen. Aber dann blickte er auf. »Es ist mein Grizzly, Luke. Ich bin für ihn verantwortlich. Vielleicht habe ich die ganze Zeit immer nach einer Ausrede gesucht, um Joe noch einmal hier oben in den Bergen aufzusuchen. Jetzt habe ich eine Fährte, der ich folgen kann. Ich weiß, dass im Leben alles seinen Sinn hat, Luke. Nichts ist Zufall. So kann es auch kein Zufall sein, dass wir Joe und seinen Söhnen ausgerechnet an dem Tag begegneten, als du deinen ersten Elch erlegt hast. Und es ist kein Zufall, dass ich den Grizzly anschoss, dass er Jim tötete und dann in die Berge floh. Ich weiß, dass dies alles kein Zufall sein kann, seit ich heute Nachmittag aus dem

Wald taumelte und die Fährte sah, die auf den See hinausführte. Das ist meine Fährte, Luke. Niemand und nichts wird mich daran hindern, ihr bis ans Ende zu folgen, was immer mich dort erwarten wird.«

Draußen heulte ein Wolf. Luke fuhr zusammen, aber sein Vater schüttelte lächelnd den Kopf.

»Jetzt, wo du die Wahrheit weißt, brauchst du nichts mehr zu fürchten, Luke.«

Luke hob die Schultern. Er versuchte ein Lächeln. Es klappte nicht gut.

»Ich fürchte mich nicht«, sagte er und er dachte dabei an den dreibeinigen Wolf draußen, der zur Hütte gekommen war wie ein fremder Bote. Was hatte er für ihn und seinen Vater? Eine gute Nachricht? Eine Warnung? Und wer hatte ihn ausgeschickt, diesen armen Krüppel, der in keinem Rudel einen Platz fand? Woher kam er? Luke legte sich zurück und schloss die brennenden Augen. Sein Vater blieb noch lange auf dem Rand der Lagerstatt sitzen. Dann legte er noch einmal Holz ins Feuer, bevor er in seinen Schlafsack schlüpfte. Obwohl Luke über alles nachdachte und nicht dazu kam, einen klaren Gedanken zu fassen, schlief er irgendwann ein. Am nächsten Morgen, als er erwachte, ging er leise zur Tür und öffnete sie einen Spalt. Der Tag graute. Es schneite leicht. Der dreibeinige Wolf war nirgendwo zu sehen. Luke machte die Tür zu, ging zum Kamin und stocherte mit einem Stock in der Asche herum, bis er auf ein Glutnest stieß. Vorsichtig legte er Holzspäne darüber und blies sachte hinein. Nach einer Weile züngelten Flammen hoch. Lukes Vater erwachte. Er setzte sich auf und streckte sich gähnend. Sein Gesicht sah schlimm aus, aber er lachte, als er Luke beim Feuer kauern sah.

»Was macht dein Wolf, Luke?«, fragte er.

Luke erhob sich. »Ich habe ihn draußen nicht gesehen«, sagte er. »Vielleicht ist er weggegangen.«

»Kaum«, sagte Tom Prestridge und betastete mit den Fingerspitzen vorsichtig die Beulen auf seinem Gesicht.

Der Zorn der Erdgeister

An diesem Morgen hatte sich dünner Eisnebel über dem See ausgebreitet. Es schneite nicht und es war beinahe windstill. Luke und sein Vater waren am frühen Morgen aufgebrochen, noch bevor es richtig hell geworden war. Ihre Rucksäcke waren prall gefüllt und schwer, ihre Kleider trocken und für kurze Zeit noch voll mit der Wärme des Kaminfeuers.

Luke ging voran. Nie zuvor hatte ihn sein Vater vorangehen lassen, aber an diesem Morgen, als sie dabei waren, die Schneeschuhe anzuschnallen, sagte er: »Luke, du gehst voran.« Mehr nicht.

Luke folgte der Fährte des Grizzlys, die nur noch schwach zu erkennen war. Sie mochten etwa zwei Stunden marschiert sein, als sie den dreibeinigen Wolf sahen, der hinter ihnen in ihrer Fährte ging. Sie hatten angehalten, und als sich Luke umblickte, tauchte der Wolf im Eisnebel auf, blieb aber sofort stehen.

»Das ist er«, sagte Luke. »Er folgt uns.«

Tom Prestridge drehte sich um. Er beobachtete den Wolf eine Weile und der Wolf stand still. »Ich habe ihn nie zuvor in dieser Gegend gesehen«, sagte Tom Prestridge. »Da von unserem Dorf niemand Fallen ausgelegt hat, muss es ihn hier oben erwischt haben. Vielleicht in einer Falle von den Chilcotin.«

»Wenn es kein Zufall ist, dass wir hier sind, dann ist es auch kein Zufall, dass er uns folgt«, sagte Luke. Er wunderte sich, wie leicht es ihm plötzlich fiel, mit seinem Vater zu reden.

»Vielleicht fühlt er sich in unserer Nähe sicher, Luke.«

Luke hob die Schulter. »Manchmal scheint es, als wollte er mir etwas sagen«, sagte er. Sein Vater wandte sich ihm zu und blickte ihn forschend an.

Luke verzog das Gesicht zu einem Grinsen. »Keine Angst, ich bin nicht verrückt«, sagte er.

»Das habe ich nicht gemeint, Luke.«

»Aber du hast mich so angesehen.« Luke lachte. »Vielleicht weiß der Wolf etwas, was er mir sagen möchte. Vielleicht ist er überhaupt kein Wolf.«

»Was ist er dann?«

Luke wiegte den Kopf hin und her. »Ein Bote.«

»Ein Bote?«

»Ja.«

»Du meinst, jemand hat ihn geschickt?« Tom Prestridge runzelte die Stirn. »Das ist ein verrück...« Er brach ab. »Luke, ich halte dies für äußerst unwahrscheinlich.«

»Warum? Er könnte aus dem Tal der Toten kommen. Vielleicht ist er einer der Schutzgeister.«

»Er ist ein Wolf, Luke.«

»Manchmal ist er ein Wolf«, entgegnete Luke. »Manchmal ist er ein Geist.« Er nahm sein Gewehr von der Schulter und legte an. Der Wolf drehte sofort um und lief davon. In Sekunden war er im Eisnebel verschwunden und Luke hängte sich das Gewehr wieder über die Schulter. »Jetzt ist er ein Geist«, sagte er ruhig.

Tom Prestridge nickte. »Vielleicht hast du Recht, Luke«, sagte er. »Nicht alles ist so, wie es zu sein scheint. Manchmal denke ich, dass die Träume das Leben sind und das Leben die Träume.«

Seltsam, dachte Luke, wie oft er selbst schon darüber nachgedacht hatte. Er sagte aber nichts. In seinen Träumen lebte seine Mutter; in seinem Leben existierte sie erst seit dieser Nacht als ein Wesen, das vielleicht ein Geist war. Konnte sie der Wolf sein? Ein junger männlicher Wolf, der vielleicht in eine Falle von Dogrib-Joe geraten war und sich die Pfote weggefressen hatte, um zu entkommen.

Luke musste zugeben, dass dies ein verrückter Gedanke war.

Sie gingen weiter.

Die Luft auf dem See war so kalt, dass das Atmen schmerzte. Trotzdem kamen sie gut voran. Am Mittag machten sie Halt. Luke blickte sich nach dem Wolf um. Er tauchte nicht auf. Seit er mit dem Gewehr auf ihn gezielt hatte, blieb er verschwunden.

Tom Prestridge packte den Gaskocher aus. Es war wichtig, Wärme aufzunehmen, und so bereitete er eine Trockensuppe zu, in die er ein Stück vom Fleisch zugab. Sie aßen schweigend. Obwohl Luke seinen Vater nicht direkt anblickte, glaubte er dessen Blicke auf seinem Rücken spüren zu können. Sie rasteten etwa eine Stunde, dann machten sie sich wieder auf den Weg. Es begann leicht zu schneien. Tom Prestridge sagte, dass sie schon mehr als die Hälfte der Seestrecke zurückgelegt hätten und dass sie am Abend das andere Ufer erreichen würden.

Luke merkte, wie er allmählich müde wurde. Seine Glieder erschienen ihm immer ungelenker, der Rucksack schwerer. Sie legten öfter als am Morgen Marschpausen ein, um neue Kräfte zu schöpfen.
Am Spätnachmittag kam Wind auf. Heftige Böen trieben Eiswolken über den See. Plötzlich hielt Luke an, starr vor Schreck. In einiger Entfernung glaubte er einige Gestalten zu erkennen, die über die verschneite Eisdecke zu schweben schienen. Sie kamen genau auf ihn zu, aber als der nächste Windstoß über den See fegte, waren sie verschwunden.
Luke fuhr sich mit dem Handrücken über die Augen. Hinter ihm fragte sein Vater, warum er angehalten habe. »Wir müssen weiter, Luke, sonst gelangen wir nicht vor der Dunkelheit zum Ufer.«
Luke beugte sich vor und ging weiter. Bestimmt war das nur eine Täuschung gewesen. Er ärgerte sich über dieses seltsame Gefühl, das plötzlich in ihm war, seit ihm sein Vater die Geschichte erzählt hatte. Ein Gefühl der Beklemmung, mit dem er nicht fertig werden konnte. Jetzt begann er schon Gespenster zu sehen.
Er griff nach dem Schulterriemen des Rucksacks und ging vornübergebeugt gegen den Wind an. Aber schon nach ein paar Metern stockte sein Schritt.
»Da ... da sind sie wieder«, stieß er hervor. Er zählte die geheimnisvollen Gestalten, sie sich lautlos durch das lichte Schneegestöber bewegten. Für einen Moment waren sie deutlicher zu sehen, tief vermummt waren sie und sie bewegten sich so leicht, als wären sie Schatten im Grau der frühen Dämmerung. Im nächsten Augenblick ver-

schwanden sie wieder, aber als sich Luke nach seinem Vater umdrehte und sah, dass dieser sein Gewehr heruntergenommen hatte, wusste er, dass er keine Gespenster gesehen hatte.
»Das sind Chilcotin-Indianer«, sagte Tom Prestridge, während er in das Schneegestöber hinausstarrte. »Ich glaube, ich habe Nathoka bei ihnen erkannt. Er ist einer vom Rat des Dorfes. Er hat schon im Sägewerk gearbeitet.«
»Was wollen sie von uns?«
»Keine Ahnung. Vielleicht sind sie auf der Jagd.«
Als die Gestalten wieder auftauchten, waren sie schon so nahe herangekommen, dass Luke sie nun auseinander halten konnte. Es waren tatsächlich neun Chilcotin-Indianer. Zwei von ihnen trugen dicke Fellkleider, die anderen waren wie Weiße gekleidet, mit gefütterten Gummistiefeln, Parkas und Mützen, die Ohrenklappen hatten. Einige hatten Gewehre bei sich.
Sie blieben in einiger Entfernung von Luke und seinem Vater stehen. Einer der beiden, die in Felle gekleidet waren, hob die Hand. Luke war nicht sicher, ob das ein Gruß war oder ein Zeichen, nicht mehr weiterzugehen.
Sein Vater trat neben ihn. Auch er hob die Hand.
»Sei gegrüßt, Nathoka, du alter Schurke«, sagte Tom Prestridge.
»Ich grüße dich, Tom Prestridge, du krummer Hund«, erwiderte der Mann, der die Hand erhoben hatte. Luke konnte jetzt deutlich erkennen, dass er nur ein Auge hatte. Die linke Augenhöhle war leer und mit schrumpelig vernarbter Haut überzogen. »Der Junge, den du bei dir hast, muss dein Sohn sein.«

»Das ist Luke, mein Sohn. Der einzige Sohn, den ich habe. Wir sind auf der Jagd.«

»Ich weiß, Tom Prestridge. Die Leute vom Dorf schicken uns. Wir sollen dich warnen. Wir sollen dich davon abhalten, weiterzugehen. Wir sollen dir raten dorthin zurückzugehen, wo du mit deinem Sohn hergekommen bist.«

Tom Prestridge lächelte. »Ich dachte mir, das ist ein Empfangskomitee, als ich euch entdeckte. Und es freut mich dich zu sehen, Nathoka.«

»Ich freue mich, dass du wohlauf bist, mein Freund«, erwiderte Nathoka. »Es ist lange her, seit wir uns zum letzten Mal gesehen haben.«

»Drei Winter. Damals hat dir der Holzspan das Auge ausgeschlagen.«

»Es war ein gutes Auge.« Der Indianer grinste.

»Ich weiß. Pass auf dein anderes Auge auf!«

»Ich passe auf. Du weißt, dass ich einer der Wächter bin. Als Wächter und als Mann vom Dorfrat bin ich hier, mein Freund. Die Leute fürchten sich.«

»Wovor?«

»Die Erdgeister sind zornig.«

»Wirklich?«

»Ja. Sie sind furchtbar zornig. Das kannst du mir ruhig glauben.«

Tom Prestridge nickte. »Ich glaube dir. Habt ihr den Grizzly gesehen?«

»Wir wissen, dass er da ist.«

»Aber ihr habt ihn nicht gesehen?«

»Nein, wir haben ihn nicht gesehen. Er tötete den alten Kiwan, an den du dich vielleicht erinnerst. Gestern Abend.

Der alte Kiwan war allein auf dem See. Er hat sich ein Loch in das Eis gemacht und ein kleines Zelt darüber aufgeschlagen. Er fischte, als der Grizzly kam.«

Luke spürte, wie das Blut in seinen Adern erstarrte. Der Grizzly hatte einen zweiten Menschen getötet. Er sah seinen Vater von der Seite an. Nichts rührte sich in dessen Gesicht, das wie aus Stein gehauen schien.

»Der Grizzly ist verletzt«, sagte Tom Prestridge. »Deshalb bin ich hinter ihm her.«

»Auch das wissen wir. Dogrib kam zu uns. Er brachte seinen Sohn. Wir haben ihn im Tal der Toten den Geistern überlassen, so wie wir das mit wahren Menschen tun. Dieser Jim, das war zwar kein richtig wahrer Mensch, aber wir haben eine Ausnahme gemacht.«

»Hat euch Dogrib gesagt, dass wir kommen?«

»Er hat gesagt, dass du kommst. Von deinem Sohn hat er nichts gesagt. Aber auch wenn wir von ihm nichts erfahren hätten, wir hätten trotzdem gewusst, dass du kommst, Tom Prestridge.«

»Warum?«

»Hast du schon wieder vergessen, dass die Erdgeister zornig sind?«

»Nein.«

»Na also, sie sind zornig, weil du da bist und den Grizzly töten willst, der einer von unseren Schutzgeistern ist. Du solltest wissen, dass so etwas Unglück über uns bringt, Tom Prestridge. Du weißt viel von uns. Du kennst unser Leben und einige von unseren Geheimnissen. Wir erwarten von dir, dass du zurückkehrst ins Tal, bevor es zu spät ist.«

Tom Prestridge schüttelte den Kopf.
»Ich verstehe nicht, was du sagst, mein Freund. Der Grizzly ist kaum ein Schutzgeist. Immerhin hat er bereits zwei Menschen getötet, weil er hungrig ist, verletzt und voll Schmerzen. Außerdem ist er fremd in der Gegend. Er kennt sich nicht aus und deshalb wird er den ganzen Winter hindurch keine Ruhe finden.«
»Er weiß, wohin er geht«, widersprach der Indianer. »Dort, wo er hingeht, ist er in Sicherheit.«
Tom Prestridge wusste sofort, was Nathoka meinte. Obwohl der Grizzly einen alten Mann aus dem Dorf getötet hatte, hielten ihn die Chilcotin für ein übernatürliches Wesen, das zum Tal der Toten unterwegs war, um die dort lebenden Geister der »wahren Menschen« zu bewachen. So nannten sich die Chilcotin selbst. Und nie hätten sie es gewagt, auf den Grizzly zu schießen oder ihn auch nur davonzujagen, wodurch sie nur großes Unglück heraufbeschworen hätten. Diese Chilcotin-Indianer waren seltsame Menschen. Zwar hatten die meisten von ihnen längst Kontakt mit der Zivilisation der Weißen gewonnen und es gab im Dorf am Taseko Lake sogar eine Schule, aber die alten Bräuche und Traditionen hatten noch immer starken Einfluss auf ihr Dasein. Viele glaubten an Gott und gleichzeitig an die Macht der Tiergeister, denen man auf Gedeih und Verderben ausgeliefert war. Luke wusste, dass die Bärengeister besondere Macht hatten, und die wenigen Chilcotin, die sich ihrer bedienen konnten, waren alle Schamanen, Männer und Frauen, die Kranke heilen und manchmal sogar den Tod abwenden konnten. Es gab nur eine Macht, gegen die sich niemand

zu schützen vermochte, ganz gleich, welchen Tiergeist er sich angeeignet hatte: die Macht der Erdgeister. Diese winzigen Wesen, die aussehen sollten wie Schrumpelzwerge, wohnten im Inneren des Slocan Peak. Niemand hatte sie jemals gesehen, aber alle wussten, dass es sie gab. Und manchmal, in den dunkelsten Nächten, kamen sie aus dem Berg und vereinten sich mit den verlorenen Seelen im Tal der Toten. Niemand durfte sie bei ihren geheimnisvollen Ritualen stören, da sie in ihrem Zorn die Macht hatten, den Himmel und die Erde zu zerstören, die Luft, die Bäume, die Steine und das Wasser, überhaupt alles, was es gab und was Leben hatte.

»Wir haben die Warnung der Erdgeister vernommen«, sagte Nathoka mit unbewegtem Gesicht. »Eines Nachts, da zitterte die Erde und wir vernahmen ein böses Grollen, das tief aus ihrem Innern kam.«

»Es war ein schwaches Erdbeben«, versuchte Tom Prestridge den Indianer zu beruhigen. »Die Wissenschaftler haben es sogar vorausgesagt. Es stand in allen Zeitungen. Weißt du denn nicht, dass man euch von hier wegholen will, Nathoka, bevor der Slocan Peak sich in einen Feuer speienden Vulkan verwandelt?«

»Alles bleibt, wie es ist, wenn du weggegangen bist«, gab Nathoka zurück. »Du bist es, der die Erdgeister erzürnt hat.«

»Und wenn ich nicht weggehe?«

»Dann mögen die Wissenschaftler Recht behalten, Tom Prestridge. Und die Schamanen werden ebenfalls Recht behalten, denn die Welt wird zerstört werden im Feuer, das aus ihrem Innern kommt und nach dem Himmel leckt.«

»Der Slocan Peak ist ein alter, noch tätiger Vulkan, Nathoka. Es war immer damit zu rechnen, dass er eines Tages ausbricht.«

»Der Slocan Peak ist der Berg, in dem die Geister wohnen. So nennen wir ihn. Er mag vielleicht ein Vulkan sein für euch. Für uns ist er der Berg, der schon da war, als die ersten wahren Menschen ins Land kamen, und sie fanden an seinem Fuße Schutz vor Tieren und vor Wesen, die zwar aussehen wie Menschen, jedoch keine sind.«

»Ich kenne eure Geschichte, Nathoka«, erwiderte Tom Prestridge. »Und ich respektiere sie. Trotzdem muss ich dich enttäuschen. Ich werde die Jagd nicht abbrechen. Ich werde diesem Grizzly nachgehen und versuchen ihn zu töten. Und niemand wird mich dieses Mal daran hindern können, der Fährte bis an ihr Ende zu folgen.«

»Dann wirst du wahrscheinlich irgendwo in den Bergen sterben, Tom Prestridge. Und dein Sohn, der dich begleitet, wird auch sterben, obwohl er jung und kräftig ist.«

Luke merkte, wie sich ob dieser bösen Voraussagung in seinem Nacken die Haare sträubten. Gleichzeitig hatte er aber auch noch die Worte seines Vaters im Ohr, der dem Indianer mit einem beinahe drohenden Unterton in der Stimme sagte, dass er sich dieses Mal nicht aufhalten lassen werde. So als ob er einmal zu früh aufgegeben hätte.

Luke blickte Nathoka unverwandt in das dunkle, narbige Gesicht, das plötzlich so starr und leblos wirkte wie eine der indianischen Holzmasken, die sein Vater im Wohnzimmer aufgehängt hatte. Einer der anderen Männer sagte etwas zu Nathoka und Nathoka nickte.

»Dann gehen wir jetzt, Tom Prestridge«, sagte er.
Luke trat rasch einen Schritt vor.
»Ich will dich etwas fragen, Nathoka«, sagte er mit fester Stimme. Aus den Augenwinkeln sah er, wie sein Vater neben ihm nach seinem Arm greifen wollte, dann aber die Hand sinken ließ.
In Nathokas Gesicht rührte sich nichts. Er blickte Luke an, als ob dieser gar nicht existierte.
»Weißt du, wo meine Mutter ist?«, fragte Luke und er wunderte sich, wie rau seine Stimme klang. Er sah aber auch, wie neben Nathoka der Indianer bei seiner Frage den Kopf zwischen die Schultern zog wie ein frierender Vogel.
»Deine Mutter?«, fragte Nathoka zurück. »Warum meinst du, dass ich weiß, wo deine Mutter ist?«
»Ich dachte, dass du sie vielleicht gesehen hast.«
Nathoka schüttelte den Kopf. »Ich habe deine Mutter nicht gesehen«, sagte er. »Niemand hat deine Mutter gesehen.«
Luke senkte den Kopf. Er wusste auch nicht, warum er angenommen hatte, dass sie wussten, was mit seiner Mutter passiert war. Der graue Wolf fiel ihm ein, der Wolf mit den drei Beinen. Er hob den Kopf.
»Dann kennst du vielleicht den Wolf mit den drei Beinen?«, fragte er.
Noch einmal verneinte Nathoka. Er hatte schon lange keinen Wolf mehr gesehen mit nur drei Beinen. »Sag deinem Vater, dass du nach Hause gehen willst, Junge«, forderte ihn Nathoka auf. »Die Geister werden euch sonst töten.«
Luke spürte den Trotz in sich aufsteigen.

»Ich fürchte die Geister nicht«, sagte er. »Wir sind auf der Fährte eines Grizzlys und eines Tages werden wir ihn erlegen.«
Nathokas Gesicht verzog sich zu einem geheimnisvollen Lächeln. »Wenn das nächste Mal die Erde grollt, höre auf die Stimmen, die an dein Ohr dringen«, sagte er. Und bevor ihm Luke darauf eine Antwort geben konnte, drehte er sich um und stapfte auf seinen Schneeschuhen davon. Die anderen folgen ihm und bald waren sie im wirbelnden Schnee verschwunden.
Luke holte tief Luft.
»Unheimliche Gesellen sind das«, sagte er.
»Früher waren sie die gastfreundlichsten Leute, denen ich je begegnet bin, Luke«, erklärte sein Vater, während er den Gewehrriemen wieder über die Schulter zog. »Ohne ihre Hilfe hätten Chuck und Joe und deine Mutter den ersten Winter hier nicht überlebt.«
»Dieser Nathoka, war er damals dabei, als man dich davon abgehalten hat, zum Spirit Lake zu gehen?«
»Nein, er war nie ein Freund von Dogrib-Joe.«
»Bist du sicher, dass meine Mutter damals weglief, weil sie zu ihm gehen wollte?«
»Nein! Aber dort oben war der einzige Ort, wo man sie hätte verstecken können. Im Tal der Toten oder am Spirit Lake.« Tom Prestridge drehte den Kopf und blickte in den Eisnebel hinaus, der in hauchdünnen Schleiern durch die Abenddämmerung zog. »Komm, wir müssen uns jetzt beeilen.« Ohne sich um Luke zu kümmern setzte er sich in Bewegung. Und von nun an ging es voran und Luke folgte ihm dichtauf.

Sie hatten ein kleines Nylonzelt bei sich, das sie auf der Uferbank im Windschatten einer Böschung aufschlugen. Obwohl es längst dunkel war, machte sich Luke auf die Suche nach Brennholz. Sein Vater bereitete unterdessen das Abendessen zu. Luke entfernte sich vom Ufer. Er stapfte durch kahles Unterholz, schlug hier und dort einen abgestorbenen Ast von den Büschen und Bäumen, bis er einen Arm voll beisammenhatte. Als er mit dem Holz zum Ufer zurückkehren wollte, vernahm er ein monotones Summen, das leise durch den Wald drang, so als käme es aus weiter Ferne.

Luke duckte sich und lauschte in die Nacht hinaus. Das Summen wurde lauter und leiser und wieder lauter. Es klang, als hätten sich irgendwo viele Leute versammelt, die alle die gleiche Melodie summten. Konnte es sein, dass dieser lang gezogene, auf- und abschwellende Ton aus dem Dorf der Chilcotin kam? Luke hatte keine Ahnung, wie weit sie vom Dorf entfernt waren. Er blickte sich um. Nirgendwo war ein Licht zu sehen. Nicht einmal ein Schimmer. Und doch, plötzlich leuchteten in der tiefsten Finsternis des Unterholzes zwei kleine flackernde Punkte auf. Die Augen des Wolfes.

Luke merkte, wie ihm das Herz stehen bleiben wollte. Es drängte ihn davonzulaufen, aber seine Beine waren wie gelähmt. Ganz schwach löste sich ein Schatten aus der Finsternis, glitt durch den Schnee und verschwand so lautlos, wie er aufgetaucht war.

Luke holte tief Luft. Obwohl er es nicht genau hatte sehen können, war er sicher, dass es der dreibeinige Wolf gewesen war. Er machte sich eilig auf den Weg zurück zum Ufer.

Er begann sogar zu laufen, als er hinter sich ein Geräusch zu hören glaubte. Erst als er das blaue Licht der kleinen Gasflamme sah und die dunkle Gestalt seines Vaters, der an der Böschung kauerte und in einem Aluminiumtopf herumrührte, verlangsamte Luke den Schritt. Sein Vater blickte auf.

»Ist alles in Ordnung, Luke?«, fragte er.

»Ich habe den dreibeinigen Wolf gesehen«, sagte Luke. »Hörst du das Summen?«

»Ja. Das ist der Totengesang der Chilcotin für Kiwan. Der Rabe soll erscheinen und seine Seele wegtragen, bevor sie den Erdgeistern in die Klauen gerät.«

»Glaubst du an diese Sachen?«

»Nein. Ich bin kein Chilcotin.«

Luke sah seinen Vater lächeln. Er warf das Holz auf einen Platz hart an der Böschung, wo ein schmaler Streifen der Uferbank schneefrei war. Dort machte Luke ein kleines Feuer. Er schrak hoch, als ein lang gezogener gellender Schrei die Stille der Nacht zerriss.

»Was ... was war das?«, fragte er mit angehaltenem Atem.

»Ein Tier«, sagte Tom Prestridge.

»Das klang wie ein Mensch«, erwiderte Luke. »Als wenn eine Frau geschrien hätte.«

»Dein Wolf hat ein Tier gerissen, Luke. Einen Schneehasen vielleicht.«

Luke schwieg. Es konnte gut sein, dass es ein Hase gewesen war. Manche Tiere schrien wie Menschen, wenn sie starben.

Die Wärme des Feuers drang durch seinen Parka. Der Lichtschein, der die Lagerstelle einhüllte wie eine schüt-

zende Kuppel, gab ihm ein Gefühl der Sicherheit. Trotzdem verspürte er im Moment den Wunsch, nach Cedar Creek zurückzukehren. Die Warnung Nathokas war ihm unter die Haut gegangen. Und er kannte die Geschichten, die man sich im Tal erzählte. Gab es die Erdgeister wirklich?
»Gibt es die Erdgeister wirklich?«, hörte er sich fragen.
Sein Vater blickte herüber.
»Wenn du deine inneren Ängste überwinden kannst, Luke, dann gibt es sie nicht mehr«, sagte er. »Denk daran, dass wir der Fährte eines Grizzlys folgen und keineswegs darauf aus sind, irgendwelche Mächte herauszufordern.«
»Und die Warnung Nathokas?«
»Die nehme ich ernst. Aber es werden kaum Geister sein, die uns daran hindern wollen, den Grizzly zu erlegen. Ich könnte mir denken, dass Dogrib-Joe inzwischen weiß, wie nahe wir dem Grizzly gekommen sind.«
»Fürchtest du dich nicht vor ihm?«
»Ich weiß nicht. Er ist unberechenbar.«
»Die Leute sagen, dass er während des Krieges oder kurz danach einige Mounties getötet hat.«
Tom Prestridge lachte auf.
»Während des Krieges und kurz danach war Joe tausend Meilen weit von hier entfernt. Wir lebten in einem Dorf, das heute vielleicht eine Stadt ist und Sudbury heißt. Weißt du, wo Sudbury ist, Luke?«
Luke schüttelte den Kopf.
»Im östlichen Ontario.«
»Dann kann es nicht stimmen, was sich die Leute über ihn erzählen.«

»Einiges stimmt, einiges nicht.« Tom Prestridge drehte den Gaskocher ab und kam mit dem Kochtopf herüber.

»Stew«, sagte er. »Was du nicht isst, kriegt dein Wolf.«

Luke lachte. »Wenn er es riecht, ergreift er die Flucht.« Sie aßen beide aus dem Topf. Das Stew schmeckte nicht schlecht, war nur etwas angebrannt. Ganz leise hörte Luke wieder das Summen. Und bevor er seinen Vater darauf aufmerksam machen konnte, sagte dieser: »Morgen tragen sie das, was von Kiwan übrig blieb, zum Tal der Toten hinauf.«

»Begraben sie ihre Toten?«

»Nicht immer. Es kommt vor, dass sie sie verbrennen. Manchmal legen sie den Leichnam auf einen Baum oder auf ein Totengerüst. Oder sie lassen ihn in eine Felsspalte gleiten und decken sie mit Steinen zu.«

»Wirst du dem Grizzly folgen, wenn die Fährte ins Tal der Toten führt?«

Tom Prestridge blickte auf. Für einen Moment ruhten seine Augen auf Luke, der seinen Mund mit Stew voll stopfte.

»Was würdest du tun?«, fragte er ihn.

Luke hob die Schultern. Er kaute und kaute und schließlich schluckte er die zähen Fleischstücke.

»Umsonst sind wir nicht hierher gekommen, nicht wahr? Du hast Nathoka gesagt, dass du dich nicht aufhalten lassen wirst. Und ich glaube, er hat es begriffen.«

Tom Prestridge verzog das Gesicht zu einem schiefen Grinsen und stieß den Löffel tief in das Stew.

Die Nähe der Menschen versetzte ihn in einen gereizten Zustand. Er tötete einen von ihnen auf dem See, weil er Hunger hatte und weil ihn die Hunde des Menschen ankläfften. Der Mensch hatte sich nicht gewehrt und so war es leicht gewesen, ihn zu töten. Jetzt war Nacht. Dort, wo die Menschen wohnten, brannten Feuer. In der Nacht heulten die Wölfe vom Rudel, die über den See gekommen waren und sich in einem sicheren Abstand von den Menschen und ihren unberechenbaren Hunden aufhielten. Die Menschen sangen und schlugen auf eine Trommel. Sie sangen und dem Grizzly waren ihre Stimmen zuwider. Er hasste sie.

Menschen hatten ihn aus dem Tal gejagt, wo er aufgewachsen war. Es schien immer mehr von ihnen zu geben, und wohin er auch ging, er traf auf sie oder auf Zeichen von ihnen. Manchmal konnte er sie riechen und meistens ging er dann angewidert davon, wachsam und mit einer tiefen Furcht im Herzen, dass er ihnen nicht mehr entkommen konnte.

In dieser Nacht machte der Grizzly einen großen Bogen um das Dorf herum. Die Hunde kläfften in seine Richtung, aber sie hüteten sich davor, ihm in die Nähe zu kommen. Sie hüteten sich sogar davor, das Dorf der Menschen zu verlassen.

Und in der Ferne heulten die Wölfe, die nichts zu fressen hatten.

Es war eine kalte Nacht.

Der Grizzly ging das Tal hinauf, das sich vor ihm auftat. Nicht weit vom Dorf entfernt richtete er sich an einem Baum auf und riss Rindenstücke herunter. Auch hier soll-

ten alle wissen, dass er da war. Die Menschen und ihre kläffenden Hunde, die Wölfe und der Mann und sein Sohn, die ihm folgten.
Der Grizzly wusste nicht, wohin dieses Tal führte. Es war ziemlich schmal und ein Bach floss unter dem Schnee und Eis in entgegengesetzter Richtung. Das Gelände stieg an und es gab keine Spur im Schnee, keinen Weg, dem der Grizzly hätte folgen können.
Es war ein stilles Tal.
Lange noch konnte der Grizzly das Gekläff der Hunde hören und die dumpfen Schläge der Trommel. Und wenn er zurückblickte, sah er den Leuchtschein der großen Feuer. Und je weiter sich der Grizzly entfernte, desto stiller wurde es um ihn herum. Und dann, irgendwann in der Nacht, als er anhielt, hörte er nur noch seinen eigenen Atem, den Herzschlag und das Rauschen seines Blutes. Er war müde. Und die Schmerzen in seinem Körper waren stärker geworden.
Der Grizzly stand lange im Schnee, bevor er weiterging. Er folgte einem vereisten Bachlauf, zwischen großen Bäumen hindurch und um eine Talkrümmung, hinter der sich eine Enge befand, mit steilen Felshängen zu beiden Seiten und einem völlig vereisten Wasserfall. Dort, wo die Schlucht am engsten war, ragten mehrere Pfähle aus dem Boden, an denen die Schädel von Tieren festgemacht waren.
Der Grizzly ging zwischen den Pfählen hindurch und schenkte den blanken Schädeln, von denen einige bemalt waren, kaum Beachtung. Alte Schädel bedeuteten ihm nichts. Er hoffte nur, bald irgendwo einen geschützten

Platz zu finden, wo er sich den Rest der Nacht hindurch ausruhen konnte.

Er fand einen solchen Platz am Ende des Canyons unter einem vorspringenden Felsgrat, von dem mächtige Eisgebilde hingen. Der Grizzly verkroch sich dahinter, rollte sich in einer kleinen Geröllmulde zusammen und versuchte zu schlafen.

Aber der Schlaf kam nicht. Stattdessen beschlich ihn eine merkwürdige Unruhe. Es schien ihm, als wäre er nicht mehr allein. Er nahm aber nicht den leisesten Geruch von Tieren oder Menschen auf. Und er hörte kein Geräusch.

Am Morgen, als es Tag wurde, erhob sich der Grizzly. Er hatte nicht geschlafen. Mit der Pranke schlug er gegen das Eis, das von den Felsen hing. Es zersplitterte wie Glas. Mächtige Brocken brachen vom Fels. Brüllend schlug der Grizzly blindlings um sich, tobte im Schnee, wühlte den Boden darunter auf und rannte schließlich aus dem Canyon in eine Talsenke hinaus. Es war ein sinnloser Wutanfall, der den Grizzly in ein tobendes Ungeheuer verwandelte. Wäre ihm in diesen Minuten ein Mensch begegnet oder ein Tier, er hätte es auf der Stelle umgebracht. Sein Blut brannte und er spürte nichts als blinden Zorn in sich, den er loswerden wollte. Es dauerte eine Weile, ehe er sich besser fühlte und zu Vernunft kam. Er befand sich inmitten eines kleinen Birkenhaines, den er völlig verwüstet hatte. Einige der kahlen Bäume standen schief, andere hatte er aus dem Boden gerissen oder mit Prankenschlägen derart bearbeitet, dass sie zerzaust und mit gebrochenen Ästen ineinander verkeilt aus dem durchgeackerten Schnee ragten.

Außer Atem, mit brennenden Schmerzen im Leib und ziemlich erschöpft hockte sich der Grizzly am Rande des Haines in den Schnee und blickte in die Nebelwolken hinaus, die den Talhang entlangkrochen. Die Luft war dünn hier. Schneidend kalt. Irgendwo im Nebel hoben sich die Berge über die Talhänge hinweg. Der Grizzly empfand ihre Nähe, obwohl er sie nicht sehen konnte. Die Wolken stauten sich am nackten Fels. Sein Gebrüll, das längst verstummt war, blieb im Tal gefangen, unhörbar wie der Schrei des alten Mannes auf dem See, der nie aus dem aufgerissenen Mund gekommen war, als er ihn getötet hatte.

Der Grizzly bemerkte das Blut, das aus seinem Fell in den Schnee lief, und der Schnee sog sich mit dem Blut voll und schmolz, zuerst dunkel, dann heller werdend und an den Rändern rötlich glitzernd.

Während er gewütet hatte, waren die Wunden aufgebrochen und die Schmerzen schlimmer als zuvor.

Der Grizzly war müde, als er schließlich weiterging. In den Stapfen hinter ihm blieb sein Blut zurück. Seine Kraft.

Er wusste nicht, wohin.

In den Bergen würde er kaum etwas zu fressen finden.

In den Bergen lauerte der Tod. Und der Tod war etwas, was der Grizzly fürchtete. Der Tod waren die sterbenden Augen seiner Mutter, als die Jäger sie niederschossen. Der Tod war eine Erinnerung an seinen Bruder, der in eines dieser riesigen Schlageisen geraten war, als er am Ufer eines Quellbaches spielte.

Im Talgrund war der Nebel etwas lichter. Vor dem Grizzly tauchten alte knorpelige Bäume auf, die wie Krallenhände

aus dem Schnee ragten. Im kahlen, von Wind und Wetter blank genagten Geäst waren Bretter befestigt, auf denen Tote lagen. Stofffetzen und farbige Bänder hingen herunter und bewegten sich leicht im Wind.
Zwischen den Bäumen, vom Schnee beinahe zugedeckt, standen kleine Hütten, die fast alle nur aus einem Dach und aus vielen Stützpfosten bestanden. Der Grizzly suchte sich einen Weg zwischen diesen kleinen Hütten hindurch, von denen er nicht wusste, was sie waren. Auf einem der Bäume krächzte ein großer schwarzer Rabe. Der Grizzly hob den Kopf und blickte zu ihm auf. Und der Rabe äugte herunter, krächzte noch einmal und hob sich von dem kahlen Geäst. Er verschwand im Nebel und der Grizzly hörte ihn noch einige Male krächzend schreien.
Es war ein seltsamer Platz hier. So still, dass der Grizzly Stimmen hören konnte. Er lauschte. Die Stimmen kamen aus dem Nebel. Oder aus der Erde.
Der Grizzly stapfte zum Waldrand hinüber. Dort, unter den schneebeladenen Ästen einer Tanne, legte er sich hin. Er war zu müde, seine blutenden Wunden zu lecken.

Die Leute vom Dorf trugen das, was von dem alten Kiwan übrig geblieben war, zum Tal der Toten hinauf.
Ein langer Zug klagender Menschen folgten den Trägern der Bahre, die aus zwei langen Stöcken und dem Mantel des Toten bestand. Der Tote selbst war mit einer alten Segeltuchplane umhüllt. Die Träger hatten Ärger mit den Hunden des Toten, die immer wieder kläffend an ihnen und an der Bahre hochsprangen. Ein paar Männer versuchten die Hunde zu verscheuchen, indem sie mit

Stöcken auf sie einschlugen, aber die Hunde ließen sich nicht davon abhalten, den Trägern zu folgen.
Hinter der Bahre kamen die Verwandten des Toten. Es waren viele. Drei, vier Familien. Die Frauen jammerten. Die Männer schwiegen.
Fast das ganze Dorf befand sich auf dem Weg zum Tal der Toten. Die zurückblieben, hatten ihre Gründe. Viele Feinde hatte Kiwan nie gehabt, aber die wenigen, die ihm zu Lebzeiten nicht wohlgesinnt waren, hüteten sich jetzt davor, im Trauerzug mitzugehen. Man hätte sie als Heuchler erkannt und verachtet.
Luke und sein Vater standen regungslos im Wald und ließen die lange Reihe vermummter Gestalten im Nebel vorbeiziehen. Niemand entdeckte sie. Nicht einmal die Hunde.
Erst als die letzten Chilcotin-Indianer vorbei waren, traten Vater und Sohn aus dem Wald heraus und folgten der tief ausgetretenen Spur. Sie kamen jetzt ohne Mühe voran. Manchmal hörten sie die Leute vor sich klagende Schreie ausstoßen. Und das Gekläff der Hunde drang schwach durch den Nebel.

Während sie die Bahre mit Seilstücken im Geäst eines verkrüppelten Baumes festmachten, fing es an zu schneien. Ein starker Nordwind fegte an den Talhängen herunter und die Chilcotin-Indianer beeilten sich mit ihrer Totenzeremonie, während der sie Kiwans Seele erneut dem Raben anboten – dem Raben, dem Schöpfer aller Dinge.
Anschließend verließen die Chilcotin-Indianer das Tal der Toten und marschierten im dichten Schneetreiben tal-

wärts. Tom Prestridge und Luke beobachteten aber vom Waldrand aus, wie sich drei von den anderen trennten. Einer von ihnen war Nathoka. Die anderen beiden kannte Tom Prestridge nicht, aber es handelte sich wahrscheinlich ebenfalls um Dorfbewohner.

Alle drei hatten ihre Jagdgewehre bei sich und einen Proviantbeutel.

Luke und sein Vater warteten, bis der Trauerzug nicht mehr zu sehen war. Dann stapften sie zum Baum hinunter, in dessen Geäst drei Tote aufgebahrt waren. Einer davon musste schon mehreren Wintern getrotzt haben. Von der Decke, die einmal den Leichnam eingehüllt hatte, hingen nur noch steif gefrorene Fetzen herunter. Auf der schmalen Plattform lag Schnee. Ein paar Knochen ragten heraus und von einem der Äste hing ein alter zerfetzter Uniformmantel der britischen Armee, wahrscheinlich aus dem Ersten Weltkrieg.

Luke blickte seinen Vater von der Seite an.

»Das ist kein Ort, wo ich die Nacht verbringen möchte«, sagte er. »Glaubst du, dass der Grizzly im Tal ist?«

»Weit kann er nicht sein«, sagte Tom Prestridge.

Sie gingen weiter, durchquerten das Tal und stießen am gegenüberliegenden Hang auf die Fährte des Grizzlys. Sie führte aus einem lichten Wäldchen heraus den Bergen entgegen. Tom Prestridge folgte der Bärenfährte zurück bis zum Platz, wo der Grizzly gewütet hatte. Am Rand des Wäldchens kauerte Prestridge nieder. Das war die Stelle, wo sich der Grizzly eine Weile hingehockt hatte. Tom Prestridge wischte mit der Hand vorsichtig Neuschnee zur Seite. Darunter befand sich ein Loch im Schnee mit Rändern aus kristallisiertem Blut. Tom Prestridge machte Luke darauf aufmerksam.

»Während er hier gewütet hat, sind die Wunden wieder aufgebrochen. Er verliert ziemlich viel Blut.«

»Und was war der Grund für seinen Wutanfall?« Luke blickte sich um. Es war kein ungewöhnlicher Platz. Und es gab keine Anzeichen dafür, dass dem Grizzly ein Mensch oder ein Tier in die Quere gekommen war.

»Vielleicht hatte er Schmerzen.« Tom Prestridge hob die Schultern. »Niemand weiß, was bei Grizzlys solche Anfälle auslöst. Auf jeden Fall ist er jetzt schwächer als zuvor.«

»Dann könnte es gut sein, dass er noch in der Nähe ist.«

»Ja. Er muss sich ausruhen. Und er braucht Futter. Dieses Tal ist der letzte Zufluchtsort für ihn. In den Bergen findet er keinen Schutz. Es überrascht mich, dass er nicht schon lange umgekehrt ist und talwärts geht. Im Tal hat er eine Chance. In den Bergen nicht.«

»Vergiss nicht, dass nichts dem Zufall überlassen ist«, sagte Luke und blickte zu den Bäumen hinüber, die im Schneegestöber kaum zu erkennen waren. »Wenn die Chilcotin-Indianer Mutter irgendwo tot aufgefunden hätten, wäre ihr Leichnam dann hier, im Tal der Toten, bestattet worden?«

Tom Prestridge sah Luke lange schweigend an. Dann hob er die Schultern.

»Ich wollte damals hier nach ihr suchen. Die Chilcotin hielten mich davon ab. Ich dachte später oft daran, heimlich herzukommen, aber ich tat es nie.«

»Warum nicht?«

»Weil ich mir sagte, dass es keinen Sinn mehr hatte. Wir suchten lange nach ihr ohne sie zu finden.«

»Und was hat Dogrib-Joe damit zu tun?«, fragte Luke und er wunderte sich selbst über die Schärfe seiner Stimme.

»Luke, deine Mutter war krank, als sie weglief. Ich weiß nicht, ob Joe etwas mit der Sache zu tun hatte. Er trieb sich oft genug in der Nähe unserer Hütte herum, wenn ich nicht da war. Ich dachte erst, dass er deine Mutter weggeholt hat. Deshalb ging ich zum Taseko Lake hinauf. Und wenn mich die Chilcotin gelassen hätten, wäre ich damals durch das Tal der Toten zum Spirit Lake weitergegangen.«

»Und später hast du nie mehr nach ihr gesucht?«

»Nein.«

»Warum nicht? Warum bist du nicht wieder zu den Chilcotin gegangen und hast sie nach meiner Mutter gefragt?«

»Weil ich nichts von ihnen erfahren hätte, was ich nicht schon wusste. Dass deine Mutter nicht bei ihnen war. Und dass Joe und seine Söhne allein in der Hütte am Spirit Lake hausten. Auch die Mounties haben mir das später immer wieder bestätigt.«

Er schwieg, und als Luke sich nicht rührte, fuhr er unaufgefordert fort.

»Als der Winter vorbei war und der Frühling ins Land kam, packte ich alle unsere Sachen zusammen. Ich hatte mich entschlossen von hier wegzugehen. Nach Prince George. Oder woandershin. Ich wusste es nicht. Wir luden alles auf den alten Ford, den Chuck im Sommer zuvor gekauft hatte. Damit fuhren wir durch die Wälder bis nach Williams Lake. Dort verkauften wir unsere Fallen und den größten Teil unserer Ausrüstung. Wir fuhren nach Prince George. Ich wollte wieder in der großen Papiermühle arbeiten und Chuck fragte in der Brauerei um Arbeit nach. Chuck erhielt sofort eine Anstellung. Bei mir war es etwas schwieriger. Die Papiermühle hatte genug Arbeiter. Ich sollte warten, bis einer krank wurde oder aus anderen Gründen nicht mehr arbeiten konnte. Eines Tages traf ich in der Stadt auf einen Mann aus Williams Lake, der extra meinetwegen nach Prince George gekommen war. Er erzählte mir von einem Deutschen, der im Taseko-Gebiet ein Sägewerk einrichten wollte, mit einer Reihe von Holzfällerlagern und mit Williams Lake durch eine neue Straße verbunden. Das waren große Pläne. Der Mann suchte jemand, der sich in der Gegend auskannte. Chuck und ich verließen Prince George und kehrten hierher zurück. Die Straße wurde gebaut, die Sägemühle, und Cedar Creek entstand. Seither sind mehr als zehn Jahre vergangen, Luke. Das ist eine lange Zeit. Ich dachte, zehn Jahre genügten, um vieles zu vergessen, was damals passiert ist. Aber ich habe mir die ganze Zeit selbst etwas vorgemacht.«

»Du hast mir nie gesagt, wer Dogrib-Joe wirklich ist«, sagte Luke und blickte an seinem Vater vorbei ins Schneegestöber hinaus. »Die Leute sagen, dass er ein Halbindianer ist, einer, der von einem anderen Stamm ausgestoßen wurde.«

Tom Prestridge lächelte.

»Die Leute haben keine Ahnung, Luke. Dogrib-Joe hat früher Joe Prestridge geheißen. Eine Zeit lang war er Sergeant bei den Mounties. Nach dem Krieg tat er in Dawson City, im Yukon-Territorium, Dienst. Dort heiratete er eine Indianerin des Dogrib-Stammes. Sie gebar ihm zwei Söhne. Jim und Bill. In einem Winter, als er von einer Patrouille zurückkehrte, war seine Frau tot. Irgendwelche verrückten Trapper, die an seiner Hütte vorbeigekommen waren, hatten die Frau ermordet und die Vorratskammer ausgeraubt. Joe machte sich sofort auf die Suche nach den beiden Mördern. Er stellte sie ein halbes Jahr später in Whitehorse und tötete sie auf offener Straße. Danach suchte man ihn. Die Zeitungen berichteten über den Fall und überall im Nordwesten hingen Steckbriefe aus. Aber Joe kam zurück nach Winnipeg und versteckte sich bei uns. Als Gras über die Sache gewachsen war, machten wir uns gemeinsam auf, um zur See zu fahren. Es war seine Idee. Und da er älter ist als ich, bewunderte ich ihn damals sehr. Ich ging mit ihm weg und unterwegs schloss sich uns Chuck Henson an, ein alter Tramp, der alle Tricks kannte, um kostenlos zu reisen. Den Rest der Geschichte kennst du, Luke.«

Luke starrte seinen Vater ungläubig an. Konnte es sein, dass Dogrib-Joe wirklich sein Onkel war? Onkel Joe? Luke lachte etwas schrill auf. Onkel Joe aus den Bergen! Ein Mann, den alle Leute fürchteten und verachteten. Ein Mann, der wie ein Tier lebte.

»Die Leute sagen, dass er ein Halbindianer ist«, beharrte Luke dickköpfig.

»Die Leute haben Unrecht.«

Luke schüttelte den Kopf. »Wenn er dein Bruder ist, wie kommt es, dass er so alt aussieht? So viel älter als du. Als könnte er dein Vater sein.«

»Er ist zehn Jahre älter als ich, Luke.«

»Zehn Jahre? Er könnte fünfzig Jahre älter sein.«

»Er hatte wohl kein sehr glückliches Leben, Luke. Es gab Gründe, mit dem Schicksal zu hadern.«

»Weil seine Frau ermordet wurde?«

»Ja. Er war ein guter Mountie, Luke. Er hätte es zu etwas bringen können. Die Leute im Norden respektierten ihn. Vielleicht war das seine glücklichste Zeit. Er hat später oft davon erzählt. Aber er sann nach Rache und gab dafür alles auf. Er tötete die beiden Mörder selbst und wurde dadurch zum Verbrecher, obwohl ihn wahrscheinlich im Norden kein Gericht für die Tat verurteilt hätte. Er kam nach Hause. Unsere Eltern wollten ihn nicht in der Nähe haben. Der Ruf meines Vaters stand auf dem Spiel. Er war Arzt. Als Joe wegging, ging ich mit ihm.«

»Und dann passierte das mit ... meiner Mutter.«

»Ja. Von dem Moment an zerstörte ihn der Hass. Jeder Narr kann hassen, Luke. Das ist einfach. Man merkt wahrscheinlich nur nicht, wie man langsam von ihm zerfressen wird. Er hätte das Land verlassen sollen, als er wegging. Aber er kam mit seinen Söhnen zurück und er trachtete nur noch danach, mein Leben zu zerstören.«

»Obwohl er dein Bruder ist?«, fragte Luke zweifelnd.

»Als wir zusammen hierher kamen, war die Welt für ihn wieder in Ordnung. Hier draußen hatte er nichts zu befürchten. Es gab keine Menschen hier, außer den Chilcotin. Chuck Henson konnte er vertrauen. Chuck war alt. Und mir vertraute er, weil ich sein Bruder war. Für ihn begann ein neues Leben. Seine Träume schienen Wirklichkeit zu werden. Er liebte Tony und er hatte keine Ahnung, dass nicht nur er Träume hatte, Luke.«

Luke schüttelte den Kopf. »Für mich ist das alles so unwirklich«, sagte er. »Die Fährte, der wir folgen. Der Grizzly, den ich nicht zu sehen kriege. Der Wolf, der uns folgt.«

»Es ist dein Leben, Luke«, sagte Tom Prestridge. »Damit hat alles angefangen. Damit hört alles auf. Die Fährte des Grizzlys ist nur der Kreis, in dem wir uns bewegen. Es ist kein Zufall, dass wir hier sind. Und Joe weiß das auch. Er musste lange auf uns warten, Luke. Komm, es wird Zeit, dass wir dem Grizzly den Fangschuss geben.«

Während Luke hinter seinem Vater das Tal hinaufstapfte, ließ er sich die ganze Geschichte noch einmal durch den Kopf gehen, die Geschichte von den drei Männern, die als blinde Passagiere mit der Eisenbahn nach Vancouver unterwegs waren, um sich als Matrosen anheuern zu lassen. Zwei Brüder und ein alter Tramp, der eines Tages ein Mädchen traf, das aus einem Waisenhaus weggelaufen war. Und während er darüber nachdachte, was aus diesen vier jungen Menschen geworden war, wurde ihm ganz klamm zu Mute. Er war froh, dass sein Vater anhielt und sich nach ihm umblickte. Er war froh in seiner Nähe zu sein.

Mit der Dämmerung und dem Nebel, der grau an den Talhängen herunterkroch, kamen die Wölfe. Tom Prestridge machte Luke auf sie aufmerksam, während sie einen Platz zum Lagern suchten. Wie Schatten glitten sie durch das Zwielicht und waren im nächsten Moment verschwunden. Wenig später, sie waren dabei, das kleine blaue Zelt aufzurichten, hörten sie den Grizzly brüllen. Es war das erste Mal seit langer Zeit und sie hielten in ihrer Arbeit inne und lauschten in den Eisnebel hinaus. Die Wölfe begannen zu

kläffen. Es klang aggressiv und bösartig. Es klang, als hätten sie sich dazu entschlossen, den Grizzly anzugreifen.
»Sie merken, dass er keine Kraft mehr hat«, sagte Tom Prestridge. »Jetzt versuchen sie es zum zweiten Mal.«
Wenig später drang der Kampflärm zu ihnen herauf. Irgendwo im Nebel, vielleicht fünfzehnhundert Meter von ihrem Lagerplatz entfernt, kämpfte der Grizzly um sein Leben. Sein Brüllen übertönte das Gebell der Wölfe. Dann krachte ein Schuss. Luke, der dabei war, seinen Schlafsack zurechtzumachen, kroch aus dem Zelt und sprang auf. Draußen kam sein Vater vom Wald herüber. Er hatte sein Gewehr in den Händen, aber es war nicht er, der geschossen hatte. Der Schuss kam aus dem Tal. Von dort, wo der Grizzly und die Wölfe kämpften.
»Dogrib«, sagte Luke und blickte seinen Vater fragend an. Noch einmal peitschten Schüsse auf und nach einer Weile wurde es still.
Später in der Nacht bebte die Erde.
Luke und sein Vater saßen am Feuer vor dem kleinen Zelt, als sie einen heftigen Stoß spürten, der die Bäume erzittern ließ. Schnee fiel von den Ästen auf ihr Zelt nieder und die Äste, plötzlich von ihrer Last befreit, schwangen nach oben. Ein geheimnisvolles Ächzen und Rauschen ging durch den Wald. Irgendwo heulte der dreibeinige Wolf. Luke kannte inzwischen seine Stimme.
Noch einmal, später in der Nacht, erwachte Luke. Sein Vater saß aufrecht im kleinen Zelt. Draußen waren Stimmen. Jemand rief nach Tom Prestridge. Luke sah, wie sein Vater nach dem Gewehr griff. Dann zog er den Reißverschluss des Zeltes auf. Das Licht mehrerer Taschenlampen blen-

dete Luke. Er versuchte die Augen mit vorgehaltener Hand zu schützen. Aus dem gleißenden Licht heraus kam Nathokas Stimme, rau und drängend.

»Ich habe dich gewarnt, Tom Prestridge. Du wolltest mir nicht glauben und jetzt ist es zu spät für dich und deinen Sohn, umzukehren. Die Berggeister werden euch töten.«

»Mach das Licht aus«, entgegnete Tom Prestridge scharf. »Du blendest mich!«

Nathoka sagte etwas in seiner Sprache und die Indianer richteten ihre Taschenlampen in den Schnee. Jetzt konnte Luke die dunklen, dick vermummten Gestalten sehen. Nathoka wischte sich mit dem Ärmel seiner Jacke über den Mund. Er war unruhig.

»Dogrib hat gesagt, dass er auf dich und deinen Sohn wartet«, stieß er mit kehliger Stimme hervor. »Er hat gesagt, dass der Grizzly dich fressen wird und deine Gebeine im Spirit Lake versinken werden, wenn der Frühling kommt.«

Tom Prestridge lachte auf.

»Hast du den Grizzly gesehen, Nathoka?«

»Ja.«

»Wo ist er?«

»Nicht weit von hier. Ich habe ihn am Abend gesehen. Wölfe griffen ihn an. Sie haben versucht ihn zu töten. Er musste kämpfen, und als er keine Kraft mehr hatte, schoss Dogrib ein paar Wölfe nieder. Die Wölfe ließen von ihm ab. Jetzt liegt er unten beim See und ruht sich aus. Er will nicht mehr weiter. Er will hier bleiben, wo ihm keine Gefahr droht. Dogrib wollte ihn töten. Aber dann fiel ihm ein, dass es besser ist, wenn der Bär am Leben bleibt und die Berggeister beruhigt sind. Das ist wichtig. Er hat begriffen, was wichtig ist. Ich habe es ihm gesagt. Ich habe ihm gesagt, dass die Welt dabei ist, unterzugehen. So wie es in der Bibel steht. Und dass die Hölle ihn verschluckt, wenn er den Grizzly tötet. Und da fiel ihm ein, was zu machen ist.«

»Was fiel ihm ein?«

»Es fiel ihm ein, dass es besser ist, wenn der Grizzly am Leben bleibt, damit er dich fressen kann. Er war ganz froh darüber, dass es ihm eingefallen ist, weil er ja schon jahrelang daran dachte, dich zu töten. Jetzt ist es so weit, Tom Prestridge. Und sag nur nicht, dass ich dich nicht gewarnt habe.«

»Du hast mich gewarnt, Nathoka.«

»Gut. An deiner Stelle würde ich mit uns kommen. Wir gehen ins Dorf zurück. Die Leute im Dorf fürchten sich. Ich bin für die Leute verantwortlich und dafür, dass sie ruhig schlafen können.«

»Sobald das Wetter besser ist, wird man euch alle evakuieren, Nathoka.«

Nathoka schüttelte den Kopf. »Das wird dann nicht mehr nötig sein«, sagte er und knipste seine Lampe aus. Sein Gesicht sah jetzt beinahe schwarz aus. Nur das Auge glänzte vom Schein der anderen beiden Taschenlampen. »Wir müssen uns jetzt beeilen. Kommst du oder kommst du nicht?«

»Ich komme nicht.«

»Das habe ich mir gedacht. Du bist ein Dickschädel, Tom Prestridge. Ich werde im Frühling zum See kommen und an dich denken. Ich werde denken, dass du ein Dickschädel warst und ein krummer, krummer Hund. Und ein Narr!«

»Dann wird mein Geist aus dem See steigen wie Nebel und dich mit kalter Hand berühren, mein Freund«, entgegnete Tom Prestridge und Nathoka schüttelte sich, als wäre er nass geworden. Er sagte etwas zu seinen Begleitern. Sie knipsten die Lampen ebenfalls aus und ohne ein weiteres Wort zu verlieren gingen sie alle drei davon. Einer von ihnen trug ein Bündel blutiger Wolfsfelle, das er sich über die Schulter gehängt hatte. Tom Prestridge zog den Reißverschluss des Zeltes zu.

»Er verlässt sich darauf, dass der Grizzly am Leben bleibt«, sagte er zu Luke. »Es sieht aber alles danach aus, als ob wir morgen am Ende der Fährte ankommen würden.«

Am Ende der Fährte

Als der Tag graute, bebte die Erde erneut. Luke war sofort hellwach und er kroch aus dem Schlafsack. Er zog seine pelzgefütterten Stiefel an und verließ das kleine Zelt. Draußen war der Eisnebel so dicht, dass er nur wenige Meter weit sehen konnte. Es wehte kein Wind und es war totenstill.

Luke füllte einen Aluminiumtopf mit Schnee, zündete den kleinen Gaskocher an und bereitete das Frühstück zu. Sein Vater blieb noch eine Weile im Schlafsack liegen, bevor er sich ebenfalls erhob und aus dem Zelt kroch. Er sah müde aus. Die Frostbeulen in seinem Gesicht waren etwas abgeschwollen, sahen aber aus wie Blutergüsse. Die tagealten Bartstoppeln gaben ihm ein wildes Aussehen und Luke dachte, dass er in wenigen Tagen eine gewisse Ähnlichkeit mit Dogrib-Joe angenommen hatte. Das konnte aber auch nur Einbildung sein, weil Luke ja jetzt wusste, dass sie Brüder waren.

Sie beeilten sich nicht an diesem Morgen. Fast schien es, als ob Tom Prestridge den Weitermarsch absichtlich verzögerte.

Während des Frühstücks vernahmen sie erneut ein Grollen und sie spürten deutlich, wie die Erde unter wuchtigen Stößen erzitterte.

»Das ist jetzt der dritte Tag, seit wir uns vom Windy Point

entfernt haben, und nicht ein Mal habe ich den Helikopter gehört«, sagte Luke und trank Suppe aus der Blechtasse.
»Das Wetter war die ganze Zeit schlecht, Luke.«
»So, wie es heute Morgen ist, war es noch nie. Man kann kaum die Hand vor den Augen sehen. Es wird nicht einfach sein, die Fährte des Grizzlys zu halten.«
»Der Grizzly kommt nicht mehr weit, Luke. Er hat zu viel Blut verloren.«
Nach dem Frühstück brachen sie das Lager ab, packten ihr Zeug ein und machten sich auf den Weg. Es fiel Tom Prestridge schwer, sich zu orientieren. Luke hielt sich dicht hinter ihm. Um sie herum war nichts als blendender Nebel. Manchmal tauchten graue Silhouetten von Bäumen auf. Sonst nichts.
Tom Prestridge folgte der Bärenfährte. Sie führte ein Stück den Talhang entlang und dann zu einer Anhöhe hoch. Dort, wo der Grizzly stehen geblieben war, um sich auszuruhen, waren Löcher im Schnee vom Blut, das er verlor. An einem Baum hatte er versucht sich aufzurichten und Rinde aufzureißen. Aber die Markierung war nicht einmal mehr zwei Meter hoch am Stamm und so schwach, dass sie nur ein geübtes Auge erkennen konnte.
»Es scheint, dass er immer stärker blutet«, sagte Luke.
Wenig später erreichten sie die Stelle, wo die Wölfe den Grizzly angefallen hatten. Der Schnee war zerwühlt, gelb vom Blut und vom Dreck. An Gestrüppzweigen hingen Haarbüschel aus dem Fell des Grizzlys. Der zerfetzte Kadaver eines Wolfes lag steif gefroren im Schnee. Eine blutige Spur führte über die Anhöhe hinweg. Luke folgte ihr ein Stück. Es war eine Schleifspur. Einer der Wölfe hatte

den Kadaver eines anderen davongeschleppt. Der Spur nach hatte dieser Wolf nur drei Beine.
Als Luke zur Stelle zurückkehrte, wo der Grizzly um sein Leben gekämpft hatte, war sein Vater nicht mehr dort. Luke rief nach ihm. Die Antwort kam aus dem Nebel.
Tom Prestridge hatte die Abdrücke von Schneeschuhen entdeckt, wie sie nicht von Chilcotin-Indianern hergestellt wurden. Die Abdrücke verrieten eine breite, fast runde Form, die an einem Ende zu einer Spitze auslief. Dies waren Rahmenschneeschuhe, wie sie von Stämmen weiter im Osten und Nordosten hergestellt wurden, von Dogrib-Leuten und von den Naskapi.
Tom Prestridge zeigte Luke ein paar Messinghülsen.
»Von hier aus hat Joe die beiden Wölfe abgeschossen.«
»Warum tötete er nicht den Grizzly?«
»Dafür gibt es nur einen Grund, Luke. Hier soll nicht das Ende der Fährte sein.«
»Wo dann?«
»Auf dem Spirit Lake. Er hat doch Nathoka gesagt, dass unsere Gebeine im Frühling im See versinken werden.«
»Falls der Slocan Peak tatsächlich ausbricht, haben wir die besten Aussichten, in einer Million Jahren als Versteinerung entdeckt zu werden«, grinste Luke schief, obwohl ihm überhaupt nicht zum Scherzen zu Mute war.
Tom Prestridge warf die Hülsen in den Schnee.
»Wir können jetzt sofort umdrehen, Luke«, sagte er ernst. »Der Grizzly lebt noch, aber die Gefahr, dass er ins Tal zurückkehrt, ist nicht mehr sehr groß.«
Luke senkte den Blick.
Er dachte an den dreibeinigen Wolf. Er dachte an den

Mann, der auf seinen Vater wartete und der das Gewehr wahrscheinlich jetzt schon schussbereit hatte. Er dachte an seine Mutter. Seit sie die Hütte am Windy Point verlassen hatten, hoffte er, hier in diesem versteckten Tal ein Geheimnis zu entdecken, das alle seine Fragen beantwortet hätte. Ein Grab vielleicht. Ein Totengerüst. Irgendetwas. Luke schüttelte den Kopf.

»Es kann nicht mehr weit sein zum Spirit Lake«, sagte er fest. »Und ich fürchte mich nicht vor dem Berg und auch nicht vor Dogrib-Joe.«

Damit war die Entscheidung gefallen. Sie gingen weiter, folgten der Fährte durch ein schütteres Wäldchen und einen sanft ansteigenden Hang hoch.

Es war elf Uhr, als sie die erste Rast einlegten. Sie befanden sich auf einer Anhöhe. Rechts von ihnen stieg das Gelände steil an. Es schien, als wäre der Grizzly einem alten Pfad gefolgt, der über die Anhöhe hinweg und in einen Talkessel hineinführte. Luke fragte seinen Vater, wo sich ungefähr der Slocan Peak befand.

Tom Prestridge zeigte in den Nebel hinaus, durch den jetzt gleißendes Sonnenlicht sickerte. Obwohl Luke seine Augen mit der Hand zu schützen versuchte, blendete ihn der Nebel.

»Er müsste dort drüben aufragen«, sagte Tom Prestridge. »Da unten im Tal ist der Spirit Lake.«

Luke versuchte sich den Berg vorzustellen. Von hier würde er anders aussehen als von Cedar Creek aus. Ein mächtiger Berg mit senkrecht zum Kraterrand aufsteigenden Felswänden, mit ewigem Eis in den Klüften und Spalten, aus denen manchmal Rauch aufstieg.

Das Gebrüll des Grizzlys riss Luke aus seinen Gedanken. Der Bär konnte nicht weit entfernt sein. Er brüllte vielleicht vor Schmerzen. Luke sah seinen Vater an. Um dessen Mund herum hingen Eisklumpen an den Bartstoppeln. Er deutete in den Talkessel hinunter.

»Er weiß, dass wir ihn eingeholt haben«, sagte er. »Ich glaube, jetzt wird er sich zum Kampf stellen.«

Wieder brüllte der Grizzly, dieses Mal lange und röhrend. Tom Prestridge ließ den Rucksack von den Schultern gleiten. Luke tat es ihm nach. Von hier aus würden sie ohne Rucksäcke gehen, um leichter voranzukommen und notfalls nicht durch den Ballast behindert zu sein. Sie hängten die Rucksäcke an einen Baum, obwohl sie von den Wölfen seit dem Abend zuvor nichts mehr gehört hatten. Es konnten andere Tiere in der Nähe sein. Im Wäldchen hatten sie Spuren von einem Marder gesehen.

Sie füllten die Taschen ihrer Parkas mit Proviant. Tom Prestridge gab Luke eine Schachtel mit Munition. Dann überprüften sie den Mechanismus ihrer Gewehre. Als sie zum Weitermarsch bereit waren, brach der erste Sonnenstrahl durch den Nebel. Luke blickte auf und zu seiner Überraschung entdeckte er direkt vor sich, hoch im gleißenden Licht, die verschneite Kuppe eines Berges. Er streckte die Hand aus und machte seinen Vater darauf aufmerksam.

»Das muss er sein«, sagte er. »Das ist der Slocan Peak.«

»Ja, das ist er, Luke«, sagte Tom Prestridge ruhig.

Es war ein gewaltiger Anblick, der sich ihren Augen bot. Nie hätte Luke sich vorstellen können, dass die Bergspitze sich so hoch über ihm befinden könnte. Es schien fast, als schwebte sie da oben wie eine kleine Insel in der Unendlichkeit des Alls. Aber dann rissen Windstöße den Nebel weiter auf. Ein Fetzen vom blauen Himmel wurde sichtbar, ein Stück von den zackigen Felsklippen, hinter denen sich der alte Krater befand. Und deutlich konnten sie erkennen, dass der Wind Rauch von den Felszacken zerrte, als befände sich hinter ihnen ein Fabrikschlot.

»Der Krater raucht«, sagte Luke mit angehaltenem Atem. »So habe ich ihn noch nie gesehen, Vater.«

In diesem Moment erzitterte unter ihnen die Erde. Lukes Rucksack fiel vom Baum. Das Zittern hielt minutenlang an und das Rumpeln, das aus dem Erdinnern durch die Schneedecke drang, klang drohend. Als es vorbei war, pfiff Tom Prestridge leise durch die Zähne.

»Ich glaube, wir sollten uns jetzt beeilen, Luke«, sagte er.

Luke hängte seinen Rucksack erneut auf, befestigte ihn aber dieses Mal besser. Dann machten sie sich auf den Marsch hinunter in den Talkessel, in dem noch immer dichter Nebel lag.

Sobald sie tiefer kamen, verschwand die Sonne und der Berg war nicht mehr zu sehen. Der Hang wurde steiler. Sie mussten im Zickzack gehen, aber nach knapp einer halben Stunde erreichten sie eine Böschung, die scharf zum See abfiel. Sie blieben stehen. An einigen Stellen hatte der Wind die Eisdecke blank gefegt. An anderen hoben sich bizarr geformte Schneewechten. Obwohl Luke noch nie hier gewesen war, wusste er, dass unter dieser Eis- und Schneedecke der Spirit Lake mit all seinen Geheimnissen schlummerte, bis im Frühling das Eis riss und die warmen Winde den Schnee von den Berghängen schmolzen.

Die Fährte des Grizzlys führte durch das kahle Ufergestrüpp in den See hinaus. Von ihrem erhöhten Standpunkt aus konnten Luke und sein Vater auch die Spuren der Schneeschuhe sehen, die Dogrib-Joe an den Füßen trug. Dogrib war ein Stück am Ufer entlanggegangen, ohne ersichtlichen Grund. Von einer Stelle aus, wo die Uferböschung etwas flacher war, führte die Schneeschuhfährte ebenfalls in den See hinaus, fast parallel zu den Spuren des Grizzlys.
Luke starrte lange in den Eisnebel hinaus. Irgendwo dort draußen waren der Grizzly und der Mann, der vielleicht wusste, was mit seiner Mutter passiert war, damals, als sie weggelaufen war.

Die Sonne brach zum ersten Mal durch den Nebel, als sie vom Ufer aus etwa eine halbe Meile zurückgelegt hatten. Der tiefe Schatten des Slocan Peak lag über einer Hälfte des Sees. Die andere lag im gleißenden Licht.
Luke blickte zum Gipfel auf. Weiße Wolkenfetzen zogen an den zackigen Felsrändern vorbei, hinter denen immer mehr Rauch aufstieg. Luke wollte seinen Vater darauf aufmerksam machen, aber in diesem Moment tauchte keine fünfzig Schritte von ihnen entfernt eine Gestalt auf, bei deren Anblick das Blut in Lukes Adern gefror. Luke verharrte im Schritt. Ungläubig starrte er zu der Gestalt hinüber, die sich hinter einer Schneewehe langsam aufrichtete, mit blutigem Fell, das lose an ihr herunterhing. Es war nicht der Grizzly, der ein paar wankende Schritte durch den Schnee machte und dann stehen blieb. Es war Dogrib-Joe, der sich das zottige Fell übergehängt hatte, ohne den Kopf.

Dogrib-Joe trug keinen Hut. Schüttere graue Haarsträhnen hingen ihm ins Gesicht. Er wirkte hagerer, als Luke ihn in Erinnerung hatte, verschlagen und gefährlich. Luke zweifelte keinen Augenblick daran, dass er die Absicht hatte, das Gewehr in seinen Händen zu benutzen.

»Ich dachte, du kommst früher, Prestridge«, sagte er mit krächzender Stimme. Seine kleinen Rattenaugen funkelten. Er stand leicht geduckt und warf einen krummen Schatten über die Schneewehe hinweg, hinter der er sich verborgen gehalten hatte.

»Der Blizzard hat uns aufgehalten«, sagte Tom Prestridge. Luke wunderte sich, wie ruhig die Stimme seines Vaters klang. Er stand neben Luke, aufgerichtet und mit dem Gewehr in der rechten Hand. Die Mündung zeigte in den Schnee.

»Ich fürchtete schon, du seist im Blizzard vor die Hunde gegangen«, stieß Dogrib-Joe hasserfüllt hervor. »Aber dann kam Nathoka und berichtete, dass du es geschafft hast und dass du seine Warnungen in den Wind geschlagen hast.«

»Der Grizzly wurde von mir angeschossen! Du kennst mich gut genug, nicht wahr? Du wusstest, dass ich ans Ende der Fährte kommen würde.«

Dogrib-Joe kniff die Augen etwas zusammen.

»Und dein Sohn? Warum hast du ihn mitgenommen?«

»Weil es Zeit dafür ist, dass er die Wahrheit erfährt.«

»Die Wahrheit? Welche Wahrheit ist das, Prestridge? Deine Wahrheit oder meine Wahrheit? Du hättest ihn besser unten im Tal gelassen, wo er in Sicherheit wäre! Ich bin allein hier. Ich habe Jim begraben und Bill nach Hause geschickt.«

»Ich sehe, dass du das Fell des Grizzlys trägst«, stellte Tom Prestridge ruhig fest.
Das zerfurchte Gesicht des Mannes im Bärenfell verzog sich zu einem Grinsen.
»Der Grizzly ist tot«, sagte er. »Für ihn bist du zu spät gekommen. Ich habe ihn getötet. Ich habe ihn mit dem Messer getötet, als er im Schnee lag und nicht mehr weiterkam. Er war müde und er wollte nicht mehr leben, aber er hat noch einmal gekämpft.« Dogrib-Joe bleckte seine Stummelzähne. »Jetzt habe ich die Kraft von ihm! Jetzt habe ich seine Macht!«
»Hast du nicht Nathoka versprochen den Bären am Leben zu lassen?«
»Ich bin der Bär, Prestridge.« Dogrib-Joe lachte gehässig auf. »Warum schießt du nicht auf mich?«
»Warum sollte ich das tun?«, gab Tom Prestridge scharf zurück. »Es gibt etwas, was mir wichtiger ist als dein Leben!«
»Ich wusste, dass du deswegen herkommst. Es hat lange gedauert. Eine Ewigkeit. Ich dachte schon, du hast den Mut nie dazu. Hast du wenigstens deinem Sohn gesagt, wie du seine Mutter in den Tod gejagt hast?«
Tom Prestridge schüttelte den Kopf. »Das wäre nicht die Wahrheit, Joe. Seine Mutter war krank. Sie war nicht bei Verstand, als sie weglief.«
»Sie wollte zu mir kommen«, sagte Dogrib-Joe und sein Blick wanderte in die Ferne.
Tom Prestridge schüttelte den Kopf. »Sie lief einfach weg. Sie lief immer weg. Sie lief davon, als sie noch ein Mädchen war. Erinnerst du dich, als Chuck sie herbrachte? Sie war

davongelaufen. Sie wollte nicht mehr zurück. So haben wir sie mitgenommen.«

»Sie war glücklich mit uns«, sagte Dogrib-Joe leise. Sein Blick kehrte aus der Ferne zurück. Er wankte vorwärts wie ein verletzter Bär, der sich auf die Hintertatzen aufgerichtet hatte. Er trug keine Schneeschuhe mehr und bei jedem Schritt brachen seine Füße durch die dünne Eiskruste und versanken im Schnee.

Als er näher kam, konnte ihn Luke atmen hören. Er atmete schwer. Keuchend. So als wäre er weit gerannt.

Luke sah, wie sein Vater das Gewehr etwas anhob. »Hat dich der Grizzly verletzt?«, fragte er misstrauisch.

Dogrib-Joe blieb stehen.

»Schick den Jungen weg«, verlangte er.

»Er bleibt«, sagte Tom Prestridge bestimmt. »Er will wissen, was mit seiner Mutter passiert ist.«

Die kleinen Augen von Dogrib-Joe weiteten sich etwas.

»Deine Mutter ist tot, Junge!«, sagte er.

Luke rührte sich nicht. Er starrte den Mann im blutigen Bärenfell nur unverwandt an. In seiner Kehle steckte ein Kloß und er merkte, wie die Hände in seinen Handschuhen feucht wurden.

»Ist sie damals gestorben, als sie von zu Hause weggelaufen ist?«, hörte er sich mit leiser Stimme fragen.

Dogrib-Joe schüttelte den Kopf. »Sie starb sechs Wochen später, im Frühling. Als das Eis dünn wurde. Sie lief davon. Sie lief weg von der Hütte. Jim war in der Nähe und er schlug Alarm. Wir versuchten sie einzuholen. Dort drüben war es.« Dogrib-Joe zeigte über den See hinweg zum dunklen Waldufer hinüber, an dem Nebelschwaden entlangkrochen. »Das Eis war dünn«, fuhr Dogrib-Joe heiser fort. »Ich rief ihr nach, dass sie nicht auf den See hinausgehen sollte. Sie musste mich gehört haben. Sie lief ein Stück am Ufer entlang. Jim hatte sie schon fast eingeholt. Als ich aus dem Wald herauskam, drehte sie sich um und lachte. Dann rannte sie auf den See hinaus. Weit. Ich dachte erst, vielleicht hat sie Glück. Ich dachte, die Mächte beschützen sie. Wir standen alle am Ufer. Jim. Bill. Die anderen. Wir riefen ihr nach zurückzukehren. Sie lief weiter und plötzlich krachte die Eisdecke unter ihr und sie fiel in das eiskalte Wasser. Wir sahen ihre Hände; sie versuchte sich an Eisschollen festzukrallen. Wir konnten nichts tun. Jim kroch auf das Eis hinaus, aber er kam zu spät.«

Luke stand stocksteif neben seinem Vater. Er blickte zur Stelle hinüber, auf die Dogrib-Joe gezeigt hatte. Die Schneedecke dort drüben war glatt und weiß im Licht der Sonne. Dahinter, im Schatten des Slocan Peak, dort, wo der Nebel in dichten Schwaden das Ufer entlangzog, glaubte Luke für einen Moment schwach die Gestalt des dreibeinigen Wolfes ausmachen zu können, so schwach nur, dass er im nächsten Moment nichts mehr erkennen konnte außer den schemenhaften Umrissen der Bäume und den hellen Streifen der Uferböschung. Der Wolf war verschwunden, aber Luke sah die Frau am Ufer, sah, wie sie zu laufen anfing, und die Männer, die nach ihr riefen. Sie rannte hinaus auf das blanke Eis, das voll war mit schmutzigen Pfützen und durchzogen von splitternden Spalten und Rissen. Die Frau rannte so leicht, dass es schien, als berührten ihre Füße das Eis nicht. Aber plötzlich zersplitterte die Eisdecke wie Glas und sie stürzte. Luke konnte es

so deutlich sehen, als wäre es Wirklichkeit, obgleich dies alles nichts anderes sein konnte als eine Vision, ein Bild aus der Vergangenheit, das nur in seinem Geist existierte. Er fürchtete sich und er versuchte in die Gegenwart zurückzukehren. Als die Stimme von Dogrib-Joe in sein Bewusstsein drang, erwachte er wie aus einem bösen Traum.
»Nein, sie starb nicht in jener Nacht, als sie von dir weglief. Man fand sie, unten am Taseko Lake. Ein Eisfischer war es. Kiwan, der alte Mann. Nathoka sagte mir, dass ihn der Grizzly getötet hat. So schließt sich der Kreis, Prestridge, und alles hat seinen Sinn, nicht wahr? Damals hatte Kiwan einen Wolf in der Falle. Einen jungen Wolf. Er ging mit der Axt hin und wollte ihm den Schädel einschlagen. Da sah er die Frau im Gestrüpp. Sie war halb tot. Beinah erfroren. Kiwan brachte sie sofort ins Dorf. Ich nahm sie zu mir und pflegte sie gesund. Als Kiwan zur Falle zurückkehrte, war der Wolf weg. Nur noch die eine Vorderpfote hing im Schlageisen.«
Tom Prestridge und Luke wechselten einen Blick. Und Luke schüttelte heftig den Kopf. »Der dreibeinige Wolf ist jung, Vater«, stieß er hervor. »Vielleicht zwei oder drei Jahre alt. Als der Eisfischer Mutter entdeckte, das ist schon zehn Jahre her oder mehr.«
Tom Prestridge wandte sich dem Mann im Grizzlyfellmantel zu. »Ist dieser Wolf noch in der Gegend, Joe?«
»Nein. Das Rudel, das den Grizzly gestern Nacht angegriffen hat, das ist das Rudel von Sitka.«
»Und da ist ein dreibeiniger Wolf dabei?«
»Nein. Es gibt keinen dreibeinigen Wolf hier. Seit Jahren nicht mehr. Der Wolf, der aus Kiwans Falle entkommen

ist, verließ die Gegend. Ich habe ihn nie mehr gesehen. Niemand hat ihn je wieder gesehen. Kiwan hat lange nach ihm gesucht. Zwei oder drei Winter. Bis er dazu zu alt war.«

»Und der Fisch mit dem Ohrring?«, fragte Tom Prestridge heiser.

»Ich fand ihn im Sommer, nachdem sie im Spirit Lake ertrunken ist. Ich hob ihn auf. Als du ein paar Jahre später mit deinem Sohn zum Fischen an den Taseko Lake kamst, da dachte ich, dass ich dich wieder einmal an sie erinnern sollte, Prestridge.« Dogrib-Joe spannte den Hammer seines Gewehres. Das metallische Klicken war gut zu hören. »All die Jahre wollte ich dich dafür bestrafen, dass du mein Leben zerstört hast«, sagte er heiser. »Ich wollte dich töten. Ich wollte dir Unglück bringen. Ich wollte *dein* Leben zerstören.«

Tom Prestridge holte tief Luft. »Manchmal hast du es fast geschafft«, sagte er bitter. »Aber jetzt ist es genug! Die Fährte des Grizzlys hat mich hierher geführt und dafür gibt es einen Grund.«

»Welchen Grund?« Dogrib-Joe legte den Kopf schief. Blanke Herausforderung glitzerte in seinen Augen. »Entweder du oder ich, Tom«, sagte er heiser. »Das ist der einzige Grund. So war es doch auch damals. Entweder du oder ich!« Er lachte bellend auf, hob blitzschnell sein Gewehr und feuerte. Die Kugel traf. Tom Prestridge wurde so heftig herumgestoßen, dass er das Gleichgewicht verlor und schwer in den Schnee stürzte. Luke starrte den Mann im Bärenfell ungläubig an. Rauch kräuselte sich aus der Mündung des Jagdgewehres, das Dogrib-Joe noch immer auf

Tom Prestridge gerichtet hatte. Sein dunkles Gesicht war verzerrt, die Augen voll Hass.
»Du hättest deinen Sohn nicht mitbringen sollen!«, stieß er krächzend hervor. »Das war eine Sache zwischen dir und mir, Tom!«
Luke sah aus den Augenwinkeln, wie sein Vater versuchte sich auf den Ellbogen aufzurichten. Dogrib-Joe bewegte sich. Langsam kam er herüber. Luke sprang ihm in den Weg. Er riss das Gewehr hoch. »Bleib stehen!«, befahl er scharf.
Der Mann im Bärenfell blieb stehen. Jetzt sah Luke den Schweiß in seinem Gesicht.
»Geh mir aus dem Weg, Luke«, befahl er leise.
Luke rührte sich nicht. Er hatte den Finger am Abzug. Der Hammer war gespannt. Er hätte nur noch abdrücken müssen, aber im Moment, als er den Finger krümmen wollte, heulte der Wolf.
»Dort ist der Wolf, Joe!«, keuchte Tom Prestridge und zeigte zum Seeufer hinüber. Tatsächlich stand dort, umhüllt von grauen Nebelschwaden, der dreibeinige Wolf. Er heulte zum Slocan Peak auf, aus dem mächtige, dunkle Rauchwolken quollen. Und kaum war der lang gezogene Heullaut verklungen, vernahm Luke das polternde Grollen, das ihm inzwischen schon vertraut war. Dieses Mal war es lauter. Es klang, als würde tief unter der Erde eine Reihe von Explosionen stattfinden. Eine nach der anderen. Und das Poltern wurde lauter, lauter und lauter. Tom Prestridge taumelte hoch. In diesem Moment zersprang die Eisdecke des Spirit Lake. Wie von unsichtbaren Gewalten hochgestoßen hoben sich spitze Eisschollen aus dem

Wasser, kippten durcheinander und versanken in tobenden Fluten.
»Der Vulkan bricht aus!«, brüllte Tom Prestridge. Er stürzte. Luke ließ sein Gewehr fallen und warf sich neben seinem Vater nieder. Rund um sie herum verwandelte sich von einer Sekunde auf die andere alles in ein tobendes Inferno. Das aufspritzende Wasser des Spirit Lake erstarrte in der Kälte zu Eis. Der Gipfel des Slocan Peak barst auseinander. Mit einem gewaltigen Krachen stürzten mächtige Felswände haltlos in sich zusammen, Fetzen von Feuer schleuderten aus dem Rauch heraus in den Himmel. Die Sonne verschwand hinter dunklen Wolken, in denen glühende Winde wühlten.
Luke hörte Dogrib schreien. Er sah ihn zwischen umkippenden Eisschollen, die in der hochspritzenden Gischt verschwanden und Sekunden später aus dem See herausgeschleudert wurden. Dogrib-Joe hatte noch immer das Gewehr in den Händen. Er wankte auf Luke und seinen Vater zu. Er war nur noch drei, vier Schritte von ihnen entfernt, als sich vor ihm das Eis mit dröhnendem Krachen auftat. Für Sekunden hüllte Wasserdampf den taumelnden Mann ein. Er wich zurück. Das Gewehr entfiel seinen Händen. Vergeblich suchte er nach einem Halt, als das Eis unter ihm nachgab. Er versank im schäumenden Wasser, das wie eine Springflut über ihn hinwegschoss. In seiner Verzweiflung schlug er wild um sich. Seine Schreie gingen im Lärm unter und Luke sah, wie seine Hände ins Leere griffen, während ihn die geheimnisvollen Mächte des Spirit Lake in die schwarze eisige Tiefe zogen.

Die Eisscholle, auf der sich Luke und sein Vater befanden, kippte plötzlich zur Seite. Luke rutschte weg, aber seine Finger bekamen den Parka seines Vaters zu fassen. Eisbrocken schlugen ihm ins Gesicht. Er warf sich herum und langte mit der freien Hand nach einem Stück Eis, das schaukelnd im schwarzen Wasser trieb. Es gelang ihm, mit den Fingern Halt zu finden. Er krallte sich fest und versuchte auf die Eisscholle zu kriechen. Dabei entglitt ihm der Parka seines Vaters. Luke brüllte vor Entsetzen, als er sah, wie sich sein Vater vergeblich bemühte über Wasser zu bleiben. Luke warf sich hinter ihm her. Sofort wurde er von einer starken Strömung erfasst, herumgestoßen und abgetrieben. Im nächsten Moment tauchte links von ihm der Parka seines Vaters auf. Luke drehte sich um, griff nach dem Parka und kriegte nichts zu fassen. Sein Vater war längst wieder in den tobenden Fluten verschwunden und die Eisschollen, die sich um Luke herum auftürmten, splitterten, als wären sie aus Glas. Luke spürte, wie er von einem Sog in die Tiefe gerissen wurde. Er wollte Luft holen, aber seine Lungen füllten sich mit eiskaltem Wasser. Sekunden später tauchte er wieder auf. Dicht neben ihm klammerte sich sein Vater an einem Eisbrocken fest. Er streckte eine Hand nach Luke aus und er erwischte ihn am Haarschopf. Luke drehte sich im Wasser. Über ihm war der Himmel. Ein Himmel aus Feuer und Eis. Alles war Feuer und Eis. Die Berggeister waren dabei, die Erde zu zerstören.

Der Helikopter befand sich über dem Tal der Toten, als sich der tief verschneite Krater des Slocan Peak plötzlich öffnete und Flammen in den Himmel spuckte. Nie zuvor hatte Oberleutnant Vince Edwards etwas Ähnliches gesehen und für einige Sekunden starrte er entgeistert zum Berg hinüber, alle seine Instrumente außer Acht lassend. Es war ein ungeheures Schauspiel, das sich seinen Augen bot. Jennifers Mutter sagte ganz andächtig: »O mein Gott!«, und sonst nichts mehr.

»Passen Sie auf, die beiden müssen irgendwo da unten sein«, rief ihr der Oberleutnant zu. Dann schaltete er das Funkgerät ein und meldete der Welt als Erster den Ausbruch des Slocan Peak. Seine Nachricht wurde in Cedar Creek, Redstone und von zwei Beobachtungshelikoptern aufgenommen, die soeben Williams Lake verlassen hatten, um den Krater zu überfliegen, damit die Wissenschaftler neue Berechnungen anstellen konnten.

Der Vulkanausbruch ereignete sich am ersten Tag nach dem Blizzard, der einen Flug in das Gebirgsmassiv zuließ.

In Cedar Creek war an diesem Morgen der erste Lastwagenkonvoi des Militärs eingetroffen, um die Leute zu evakuieren. Die Straße nach Redstone war wieder offen und zwei Transportflugzeuge aus Williams Lake waren zum Taseko Lake unterwegs, um Bewohner des Chilcotin-Dorfes aufzunehmen und in Sicherheit zu bringen.

Oberleutnant Edwards hatte vom Hauptquartier den Befehl erhalten, einen Beobachtungsflug auf das Gebiet um den Taseko Lake zu beschränken und danach wieder zum Cedar-Creek-Posten zurückzukehren, um die Evakuierung zu überwachen.

Anstatt jedoch vom Taseko Lake zurückzufliegen war Edwards beim Chilcotin-Dorf gelandet. Die Indianer waren in heller Aufregung. Die ganze Nacht hindurch hatte die Erde gezittert und der Zorn der Erdgeister war nicht mehr zu beschwichtigen. Oberleutnant Edwards drängte Nathoka die Leute über den wahren Sachverhalt aufzuklären, damit sie sich widerstandslos evakuieren ließen. Nathoka wandte jedoch ein, dass die alten Leute niemals weggehen würden. Er erzählte dem Oberleutnant, was hier in den letzten Tagen vorgefallen war und dass Tom Prestridge und Luke inzwischen wahrscheinlich schon den Spirit Lake erreicht hatten. Jetzt zögerte Edwards keinen Moment mehr. Er flog vom Chilcotin-Dorf aus südwärts, dann das Tal der Toten hinauf und hinein in den Schatten des Slocan Peak, als dieser sich in einen Feuer speienden Vulkan verwandelte.

Im Helikopter war kaum etwas zu hören außer dem Gedröhne des Rotors und den atmosphärisch verzerrten Meldungen, die durchs Funkgerät kamen. Was sich draußen abspielte, geschah lautlos und wirkte so unnatürlich, als hätte jemand am Fernseher den Ton ausgeschaltet.

Oberleutnant Edwards flog den Helikopter so tief über eine Anhöhe hinweg, dass Jennifers Mutter die dünnen Linien im Schnee erkennen konnte.

»Dort sind ihre Spuren!«, rief sie aufgeregt.

Der Helikopter glitt über einen Hang hinweg und in die Schatten der Wolken hinein, die aus dem Schlund des Slocan Peak quollen und sich am Himmel ballten, als gäbe es nirgendwo genug Platz für sie.

Jennifers Mutter deutete aufgeregt in einen Talkessel hinein, in dem, vom Dampf eingehüllt, furchtbare Gewalten tobten.

»Das ist der Spirit Lake!«, rief Oberleutnant Edwards aus. »Oder besser gesagt, das war der Spirit Lake!«

Mit angehaltenem Atem starrte Jennifers Mutter auf den See hinunter. Es schien, als hätte sich die Hölle geöffnet. Hitze und Kälte vertrugen sich nicht. Eine gewaltige Wasserflut hatte die Ufer überspült. Die Talhänge waren ins Rutschen geraten. Felsen stürzten in die Tiefe, begruben die Wälder und versanken im See. Aus dem Krater des Slocan Peak, der nun im dichten Qualm und Rauch nicht mehr zu sehen war, floss glühende Lava, suchte sich dünn wie heißer Stahl Wege durch Felsspalten und formte ein Netz verzweigter brandroter Adern, die sich weiter talwärts zu einem immer breiter werdenden Strom vereinten. Dieser Lavastrom wälzte sich unaufhaltsam durch die brennenden Wälder auf das Ufer des Spirit Lake zu, dessen Wasser zu kochen schien. Die Dämpfe und der Rauch, die wie Nebel aus der Tiefe stiegen, begannen den Helikopter einzuhüllen.

»Wir müssen weg hier!«, rief Oberleutnant Edwards aus. »Wenn Tom da unten war, können wir nichts mehr für ihn tun. Das Feuer verzehrt den Sauerstoff in der Luft. Da unten lebt niemand mehr.«

»Fliegen Sie wenigstens bis zum anderen Ufer«, drängte Jennifers Mutter.

»Das hätte keinen Sinn«, gab Edwards hart zurück. Er deutete zum Slocan Peak hinüber, der jetzt fast ganz vom Rauch und Dampf eingehüllt war. Die Wälder brannten lichterloh. Selbst die Wolken schienen aus Feuer zu sein. Die Luft im Helikopter wurde von Minute zu Minute heißer. »In ein paar Minuten ist die Sichtweite hier gleich null.

Diese Feuerwolken dort drüben bestehen aus heißer vulkanischer Asche. Wenn wir das Zeug in den Luftfilter kriegen, setzt der Rotor aus und wir stürzen ab.«

Edwards hatte den Helikopter herumgezogen. In diesem Moment entdeckte Jennifers Mutter im Wasserdampf eine Bewegung. Zwei Gestalten auf schaukelnden Eisschollen.

»Dort unten sind sie! Das sind Tom und Luke!«

Edwards blickte in die Richtung, die ihm Jennifers Mutter angab. Tatsächlich konnte er in einem Gewirr kleinerer und größerer Eisschollen zwei Gestalten erkennen, von denen eine zu ihnen heraufwinkte. Das war Tom Prestridge. Sein Gesicht war vor Anstrengung tief gerötet. Er hielt Luke fest und Luke schien ohnmächtig zu sein oder verletzt.

»Teufel noch mal«, entfuhr es Oberleutnant Edwards. »Wir sind im letzten Moment gekommen.« Dann meldete er über Funk, dass er im Begriff war, eine Rettungsaktion zu unternehmen. Niemand antwortete. Aus dem Funkgerät kamen nur krächzende Geräusche. Edwards hängte die Kopfhörer an die Gabel.

»Wir sind auf uns allein gestellt!«, rief er Jennifers Mutter zu. »Machen Sie die Seitentür auf! Wir müssen versuchen sie im Netz aufzunehmen.«

Jennifers Mutter hob den Riegel der Seitentür und öffnete sie. Ein Schwall feuchtheißer Luft drang in den Helikopter. Der Geruch von Feuer. Jennifers Mutter wich unwillkürlich von der Türöffnung zurück und versuchte ihr Gesicht mit dem Arm vor der eindringenden Hitze zu schützen. Gleichzeitig merkte sie, dass sie kaum mehr genug Luft kriegte. Ihr Atem ging keuchend, als sie sich nach Edwards umdrehte und ihm durch den ohrenbetäubenden Lärm zurief, dass die Tür offen sei. Edwards schien Schwierigkeiten zu haben. Er betätigte eine Reihe von Schaltern und rief, dass der Rotor nicht mehr genug Sauerstoff kriegte. Der Drehzahlmesser am Armaturenbrett spuckte. Der Rotor lief deutlich langsamer und unregelmäßig.

»Legen Sie das Netz zurecht!«, befahl Edwards. »Los, machen Sie vorwärts. Jede Sekunde ist kostbar.«

Jennifers Mutter nahm das rote Nylonnetz vom Haken neben der Tür. Sie legte es vorsichtig am Boden aus. Sie merkte dabei, wie ihre Hände zitterten.

Der Helikopter drehte sich langsam um seine eigene Achse. Jennifers Mutter konnte nichts anderes sehen als Dampfwolken, die im Wind der Rotorblätter durcheinander wirbelten. Doch plötzlich tauchten in der Türöffnung mächtige Eisschollen auf, die sich übereinander geschoben hatten und zerklüftete Berge bildeten. Sie sah einen schwarzen Fleck direkt unter der Öffnung. Der Fleck verschwand. Eine Wasserfontäne stieg auf. Eis schlug gegen den Helikopter. Für Sekunden sah sie Tom Prestridge auf dem Eis knien, dann sackte der Helikopter zur Seite weg und der Rotor begann auszusetzen.

»Ich kann ihn nicht halten!«, brüllte Oberleutnant Edwards. »Passen Sie auf, verdammt noch mal! Sie hätten das Netz werfen sollen!«

Jennifers Mutter legte sich auf den Bauch und kroch so dicht an die Öffnung heran, dass sie für einen Moment die Augen schloss, damit ihr nicht schwindelig wurde. Der Helikopter drehte, hob sich und sackte erneut durch. Edwards brüllte etwas, was Jennifers Mutter nicht verstehen konnte. Sie sah nur, dass mehrere rote Kontrolllampen aufleuchteten. Sie langte nach einem Handgriff an der Tür und zog sich daran hoch. Zum zweiten Mal konnte sie jetzt Tom Prestridge deutlich sehen. Sein Gesicht war verzerrt. Er rang nach Atem und schrie zu ihr herauf, aber sie hörte keinen Laut. Mit einer Hand hielt er Luke fest, dessen Beine im Wasser lagen.

»Werfen Sie endlich das Netz raus!«, brüllte Edwards. »Worauf warten Sie noch!«

Sie packte das Netz mit beiden Händen und warf es durch die Öffnung hinaus. Es öffnete sich in der Luft und für einen Moment konnte sie Tom und Luke nicht mehr sehen, weil der Helikopter abgetrieben wurde.

Die Spitzen von Eisschollen schlugen gegen die Kufen. Ein Alarmsignal wurde ausgelöst. Die Hitze war jetzt schier unerträglich. Der Schweiß lief in Bächen über Oberleutnant Edwards' Gesicht. Er hatte alle Hände voll zu tun, um den Helikopter in der Luft zu halten.

»Okay!«, rief er keuchend. »Wir müssen jetzt weg! Wir müssen weg!«

Er zog den Helikopter hoch. Der Rotor quälte sich. Die Nadel des Drehzahlmessers tanzte. Jennifers Mutter hörte ein paar laute Knalle. Fehlzündung. Im nächsten Moment sackte der Helikopter nach vorne weg. Er stürzte. Jennifers Mutter verlor den Halt. Sie schlug gegen die Rücklehne eines Sitzes und klammerte sich daran fest. Das Krachen und Dröhnen von draußen löschte jedes andere Geräusch aus. Trotzdem wusste sie, dass der Rotor nicht mehr lief. Der Helikopter schlingerte. Oberleutnant Edwards brüllte, während er verzweifelt den Anlasser betätigte. Durch die

Scheiben hindurch sah Jennifers Mutter Eis und Wasser auf sich zuschießen. Sie schloss wie geblendet die Augen und erwartete im nächsten Moment den Aufprall.
Sie öffnete die Augen erst wieder, als sie das Zittern spürte, das durch den Helikopter lief. Oberleutnant Edwards lehnte sich im Sitz zurück. Die Nase des Helikopters hob sich. Der Rotor lief stockend und erzeugte kaum genug Kraft, den Helikopter hochzutreiben. Aber wenigstens lief er. Nur langsam gewannen sie an Höhe. Jennifers Mutter kroch zur Seitentür und beugte sich weit hinaus. Direkt unter dem Helikopter, im brandroten Netz, hingen Tom Prestridge und sein Sohn Luke. Das Netz schwang über dem schäumenden Wasser und den Eisschollen durch den Rauch und Dampf hin und her.
Oberleutnant Edwards flog den Helikopter über den See hinweg. Je weiter sie sich von den brennenden Wäldern entfernten, desto höher wurde die Drehzahl des Rotors. Am unteren Talende des Spirit Lake drehte der Helikopter ab. Jetzt konnte Jennifers Mutter noch einmal den mächtigen Lavastrom sehen, der schon fast das Ufer des Sees erreicht hatte. Der ganze Talkessel war nur noch ein einziges Flammenmeer, in dem die Welt zu versinken schien.
»Davor haben sich die Chilcotin immer gefürchtet«, rief ihr Oberleutnant Edwards zu, der den Helikopter nun wieder unter Kontrolle hatte. »Für sie ist das der Weltuntergang.«
Edwards flog über die Anhöhe hinweg und unter ihnen befand sich jetzt das Tal der Toten in dunklen Wolkenschatten. Bis auf die Fährte des Grizzlys und der Menschen, die ihm hierher gefolgt waren, lag der Schnee unberührt.

Jennifers Mutter sah nur noch einen einzelnen Wolf dort unten. Er ging talwärts und zog eine dünne Fährte durch den Schnee. Jennifers Mutter konnte aus der Höhe nicht erkennen, dass er nur drei Beine hatte.

Luke erwachte, weil ihm Jennifer die Nase zuhielt.
Und Jennifer rief: »Er ist aufgewacht, Mom. Jetzt ist er endlich aufgewacht.«
Luke dachte, dass Jennifer eine furchtbar blecherne Stimme hatte. Außerdem saß sie nicht etwa auf dem Bettrand, sondern auf seinem Bauch. Rittlings, einen Himbeerlutscher im Mund und ein paar bunte Plastikspangen im Haar. Sie sah verwegen aus, irgendwie frech, so als hätte sie ihm am liebsten die Zunge herausstrecken wollen.
»Geh runter von meinem Bauch, Jennifer!«, sagte Luke.
Jennifer grinste schief.
»Er hat geredet, Mom. Stell dir vor, er hat gesagt, dass ich runter soll von seinem Bauch.« Sie nahm den Lutscher aus dem Mund und jetzt streckte sie ihm tatsächlich die Zunge heraus. Luke knirschte mit den Zähnen, aber bevor er Gelegenheit dazu bekam, ihr eine geriebene Kopfnuss zu verpassen, beugte sich ihre Mutter über ihn.
»Wie fühlst du dich, Luke?«, fragte sie.
»Müde«, sagte Luke. »Wo bin ich?«
»In Williams Lake. Wir bleiben ein paar Tage hier. Dein Vater liegt im Krankenhaus. Er hat eine Schussverletzung. Erinnerst du dich?«
Luke schloss die Augen. Und ob er sich daran erinnerte. Er hatte nur keine Ahnung, wie er nach Williams Lake gekommen war. Und er wusste nicht, warum man es Jennifer

erlaubte, zentnerschwer auf seinem Bauch zu sitzen, an einem Lutscher zu lecken und ihm die Zunge herauszustrecken.

»Wie geht es Vater?«, fragte er.

»Den Umständen entsprechend gut. In ein paar Tagen wird er wieder auf den Beinen sein, so wie ich ihn kenne. Er weiß gar nicht, wie viel Glück ihr beide hattet. Es ist Oberleutnant Edwards zu danken, dass ihr noch am Leben seid.«

»Hat er uns mit dem Helikopter aufgenommen?«

»Ja. Im allerletzten Moment. Wir haben das Netz runtergeworfen und dein Vater hat dich zuerst hineingelegt und dann ist er selbst hineingekrochen. Wir flogen euch runter nach Cedar Creek. Dort brachten wir euch im Helikopter unter und flogen sofort hierher. Du warst fast die ganze Zeit ohnmächtig, Luke.«

»Ich kann mich an nichts erinnern«, sagte Luke. »Könnten Sie vielleicht Jennifer von meinem Bauch heben, Ma'am.«

»Jennifer, warum setzt du dich nicht lieber auf den Bettrand? Du kannst Luke trotzdem sehen, wenn du auf dem Bettrand sitzt.«

»Von hier kann ich ihn besser sehen«, gab Jennifer trotzig zurück.

»Geh vom Bett runter, Jennifer!«, befahl ihre Mutter.

Jennifer gehorchte widerstrebend. Sie ging zum Fenster und blickte hinaus. Der Tag war grau. Asche flog wie Schnee im Wind. Asche vom Slocan Peak.

Jennifers Mutter fragte Luke nach der Schusswunde. »Dein Vater hat mir nicht gesagt, wer ihm die Schusswunde zugefügt hat, Luke.«

Luke schloss die Augen. Er konnte das Gesicht des Mannes sehen, der sich ein blutiges Grizzlyfell übergezogen hatte. Das Gesicht verschmolz mit dem seines Vaters. Luke sagte nichts. Minuten verstrichen. Dann hörte er Jennifers Mutter flüsternd zu Jennifer sagen, dass er jetzt Ruhe brauchte. Und sie verließen das Zimmer auf Zehenspitzen. Als die Tür hinter ihnen zu war, richtete sich Luke auf. Er betastete mit den Händen sein Gesicht. Es war mit Salbe eingeschmiert. Trotzdem spürte er die Schwellungen und die blutverkrusteten Schnittwunden vom Eis. Sein Kopf war verbunden. Er erinnerte sich an den Moment, als er auf dem blanken, nassen Eis ausgerutscht und schwer gestürzt war. Von dem, was danach geschah, hatte er keine Ahnung.

Die Wissenschaftler hatten zwar den Ausbruch des Slocan Peak vorausgesagt, aber die Berechnungen stimmten nicht ganz. Nur anderthalb Tage lang quoll heiße Lava aus dem Krater des Vulkans. Der Lavastrom erstarrte noch, bevor er den Taseko Lake erreichte. Er hatte das Tal des Spirit Lake völlig zugedeckt. Der See existierte nicht mehr. Die Talhänge waren kahl und bedeckt mit grauer Asche, aus der die verkohlten Baumstämme ragten. Weiter unten im Tal brannten die Wälder noch lange. Der erstarrte Lavastrom füllte das Tal der Toten und hatte alle Begräbnisstätten der Chilcotin-Indianer unter sich begraben. Im weiten Umkreis war der Schnee geschmolzen, und als die Hitze nachließ, vereisten die Büsche und Bäume und die ganze Landschaft verwandelte sich in eine unwirkliche Märchenlandschaft.

Die Zeitungen brachten Bilder, die aus Beobachtungsflugzeugen aufgenommen worden waren. Im Krater des Slocan Peak formte sich langsam ein wulstiger Lavadom. Noch lange fiel Asche vom Himmel, aber die Leute von Cedar Creek ließen sich nicht aufhalten in das kleine Dorf am Taseko Creek zurückzukehren. Die Gefahr war vorerst vorbei. Die Experten rechneten nicht damit, dass der Vulkan in nächster Zeit noch einmal ausbrechen würde. Die Erdbeben verlagerten sich nordwärts. Die Aufmerksamkeit der Wissenschaftler galt nun in erster Linie dem Katmai-Gebiet in Alaska.
Auch Nathoka und die Chilcotin kehrten in ihr Dorf zurück. Die Berggeister hatten sich beruhigt. In der Asche auf dem Eis des Taseko Lake stieß Nathoka auf die Fährte eines dreibeinigen Wolfes. Er wunderte sich, woher der Wolf kam, aber er versuchte nicht, ihm zu folgen. Es konnte ebenso gut ein Geist sein.
Oberleutnant Edwards flog Luke und seinen Vater nach Cedar Creek zurück. Die Leute redeten über das, was am Spirit Lake vorgefallen war, obwohl niemand Bescheid wusste. Es machte Luke nichts mehr aus. Er kannte die Wahrheit und sie war ein Geheimnis, das er mit seinem Vater teilte.
Der Winter blieb lange im Land. Als es endlich Frühling wurde, heiratete Tom Prestridge Jennifers Mutter. Jennifer trug ein blütenweißes Kleid. Auf dem Weg zur Kirche stolperte sie über ihre Füße und fiel in eine Dreckpfütze. Luke wollte ihr heraushelfen, aber sie brüllte, dass er sie gestoßen hätte, was eine unverschämte Lüge war. Trotzdem wurde es ein guter Tag. Das ganze Dorf feierte. Am Abend

ging Luke allein in den Wald hinaus. Er setzte sich auf einen Baumstamm. Es war Vollmond. Luke wartete lange, aber der Wolf kam nicht. Luke war nicht mehr sicher, ob er ihn überhaupt jemals gesehen hatte.

Inhalt

Geisterstunde

Robert Westall
Das Wachthaus
320 Seiten
Taschenbuch
ISBN 3-551-35203-8

Gläser zersplittern wie von Geisterhand, Lichter blinken selbständig auf und im Staub werden Hilferufe sichtbar. In der Gegend von Garmouth, wo sich am alten Wachthaus all diese seltsamen Dinge abspielen, verbringt Anne ihre Ferien. Empfänglich für Unerklärliches merkt sie, dass diese Nachrichten aus dem Nichts an sie gerichtet sind. Der, der hier rumspukt, kann nur der Geist des Gründers der Rettungsstation sein. Wird er etwa von einem anderen Geist bedroht? Für Anne und ihre Freunde beginnt eine abenteuerliche Gespensterjagd.

CARLSEN

www.carlsen.de